17196

LES RUSES

DES

FILOUS ET ESCROCS

DÉVOILÉES.

L.-É. HERHAN, IMPRIMEUR-STÉRÉOTYPE,
BREVETÉ DE S. A. R. Mgr. DUC DE BERRY,
rue Servandoni, près Saint-Sulpice, N°. 13.

Monsieur, je vous suis obligé ;
ne vous gênez plus, c'est fait.

LES RUSES

DES

FILOUS ET ESCROCS

DÉVOILÉES;

CONTENANT

Les détails des ruses, finesses, tours industrieux employés par les Filous et Escrocs pour faire des dupes; ainsi que les aventures auxquelles leurs friponneries et escroqueries ont donné lieu.

Ouvrage indispensable et nécessaire à toutes personnes honnêtes, pour se garantir des piéges et fraudes de ces chevaliers d'industrie.

CINQUIÈME ÉDITION.

Entièrement refondue et augmentée de plus de moitié.

TOME DEUXIÈME.

A·PARIS,

CHEZ GERMAIN MATHIOT, LIBRAIRE,
Place Saint-André des Arcs, N°. 26.

1819.

LES RUSES

DES

FILOUS ET ESCROCS

DÉVOILÉES.

Un Officier distingué et un des plus beaux hommes de Paris, fut une fois cruellement dupe de la bonne opinion qu'il ne pouvait manquer de prendre de lui-même, d'après l'admiration générale dont il était l'objet. Se trouvant au milieu de la foule dans une église à la messe de midi, il se sentit pressé de côté assez singulièrement pour se retourner avec vivacité vers son voisin. Celui qui le serrait ainsi, lui dit : « Monsieur, voudriez vous

2   1

» bien-vous tourner de l'autre coté? —
» Pourquoi donc Monsieur? — Puisque
» vous me forcez de l'avouer, Monsieur,
» c'est que je suis peintre, et mon ca-
» marade, qui est dans la tribune à gau-
» che, chargé par une jolie dame de
» faire votre portrait, me fait signe sur
» l'attitude dans laquelle il voudrait vous
» saisir. »

L'Officier doute d'autant moins de la
vérité de cette assertion, qu'il aperçoit
en effet dans la tribune indiquée un
homme qui avait les yeux sur lui, et auquel il crut voir un crayon en main. A
mesure qu'il se sent touché, il a grand
soin de prendre la position qu'il croit lui
être indiquée. Quelques minutes après,
son voisin lui dit : « Monsieur, je vous
» suis obligé; ne vous gênez plus : c'est

» fait. — Ah! Monsieur, réplique l'Offi-
» cier on ne peut être plus leste. »

Le prétendu peintre s'esquive dans la
foule, et l'Officier fouillant dans ses poches, s'aperçut que l'histoire du portrait
n'avait été qu'une ruse pour lui voler sa
bourse, sa montre, sa tabatière, et tout
ce qu'il avait de bijoux sur lui.

~~~~~~~~

Un filou se trouvait au milieu de la
foule pendant que le roi d'Angleterre
se rendait en cérémonie au parlement:
voyant à côté de lui un campagnard
étoffé, et ayant montre en poche, il
s'approche de lui, suivi de deux acolytes; et au moment où la voiture du
roi se trouva vis-à-vis du sujet qu'il
voulait faire, il lui dit avec un air

d'indignation : *D-n your disloyal heart,
why don't you pull your hat off white
the governor goesby*, (D... damne
votre cœur déloyal : pourquoi n'ôtez-
vous pas votre chapeau pendant que le
gouverneur passe?) Cette invitation
énergique faisant craindre au spectateur
qu'on ne lui prît son chapeau, il y porta
les deux mains, et le moniteur loyal
avec ses acolytes, lui enleva sa montre,
sa bourse et son portefeuille.

~~~~~~~~

Un officier allant de Troies à Rheims,
monté sur son cheval, fut accosté de
deux autres voyageurs, aussi à cheval.
Tous les trois s'arrêtent et dînent
ensemble à la même auberge. Au moment de payer, l'un des deux offre de

payer toute la dépense, sauf à faire le compte de chacun à la fin du voyage; la proposition est acceptée; il tire une bourse remplie d'or et satisfait l'hôte. Sur les représentations que lui fit l'officier qu'il est imprudent de porter sur soi une somme aussi considérable : « Cela peut-être, répondit-il, mais nous voyons bien à qui nous avons à faire; et certainement nous n'avons rien à craindre. » Le soir on descend encore à une auberge; il ne se trouve de libre qu'une chambre à trois lits, et nos cavaliers y prennent chacun le leur. L'officier se plaignant d'être fatigué, le zélé compagnon de voyage lui conseilla de dormir sans inquiétude bien avant dans la matinée, prenant sur lui de se lever de bonne heure pour compter avec l'hôte, faire panser les chevaux, et pourvoir à tous les apprêts du départ. Sur cela l'officier s'endort dans une parfaite sécurité, mais au moment de son réveil, il cherche sa montre, et ne la trouve point; inquiet il saute à bas du lit, sa bourse lui avait été enlevée; il descend en hâte; mais nos filous étaient déjà loin: ils avaient fait entendre à l'aubergiste que leurs chevaux étant plus fatigués que celui de l'officier, il les rejoindrait sans peine.

~~~~~~~

Un Italien, qui était venu à Paris, avait imaginé une rubrique fort simple de tromper au jeu, dont cependant on ne s'aperçut que quand il eut bien fait des dupes. Cet Italien avait une tabatière d'or unie sur les bords : lorsqu'il se présentait quelques coups décisifs, il prenait une prise de tabac et posait sa boîte assez négligemment sur la table. Le moindre reflet de la tabatière lui suffisait pour connaître les cartes qu'il distribuait, et jouait, par ce moyen, à coup sûr.

~~~~~~~~~~

Un jeune homme vêtu décemment et monté sur un très-beau cheval, s'arrêta devant la boutique d'un horloger dans Bishopgate Street (rue de Londres), et demanda à voir une montre d'or. L'horloger le pria de descendre et d'entrer dans la boutique : « Non, dit le cavalier, mon cheval est difficile à monter et je puis tout aussi bien choisir une montre sans descendre. » L'horloger lui présenta en conséquence plusieurs montres, et lorsqu'il en eut choisi une et qu'il fut convenu du prix, il la mit dans la poche de sa veste, et tout en feignant de chercher de l'argent pour la payer, il piqua son cheval des deux, et s'enfuit au grand galop vers la barrière, en criant à l'horloger : « Je vous ai bien dit que mon maudit cheval était ingouvernable, ce n'est par ma faute.»

A Brighthelmstone, un filou s'étant aperçu qu'un M. H*** avait coutume de nager tous les matins pendant une demi-heure, se déshabilla à quelque distance du lieu d'où le nageur se jetait à la mer, se rendit à bord de son bateau, dix minutes après qu'il l'eut quitté; et se plaignant qu'il ne se trouvait pas bien, il ordonna au batelier de le conduire a terre pendant qu'il s'habillerait. Une montre et une boîte d'or, environ quarante guinées et un frac élégant, ont été le fruit de cette tentative hardie. M. H*** ayant fini son exercice journalier, revint à l'endroit où il avait laissé son bateau, et ne le trouva plus; enfin, le découvrant près du rivage, il s'y rendit en quelques élans de plus et apprit ce qui venait de lui arriver. Il crut d'abord que c'était une plaisanterie qui lui avait été faite par son frère, le batelier disant que l'homme qu'il avait amené à terre lui ressemblait beaucoup. Ce n'a été que quelques heures après, que quelques haillons, laissés au bord de la mer, quand tous les nageurs furent sortis

de l'eau, apprirent à M. H*** qu'il
ne verrait plus son argent et ses bijoux,
ni le sosie qui les lui avait enlevés.

~~~~~~~~

UNE femme de Paris, qui donne à jouer
chez elle, ayant formé le plan de se faire
un boudoir, engagea un de ses amis à
faire venir chez elle un bon architecte.
Celui-ci arrive, on le consulte; on demande ses idées, on les débat; le temps
s'écoule, on lui propose de souper; il
ne soupe pas; mais il ne peut se refuser
à l'invitation de passer la soirée. On
l'invite en même temps à faire une
partie; mais comme il ne joue pas, la
maîtresse de la maison veut absolument
qu'il soit de moitié avec elle : il consent
à peine, s'assied et s'endort; à deux

heures du matin, on le réveille pour le faire assister aux comptes, dont le résulta est que la dame a perdu dix mille quatre cents francs, moitié pour lui, cinq mille deux cents livres. Il se récrie sur la somme, et on le presse au point qu'il fait son billet de cette somme payable le lendemain matin. Le porteur du billet s'est présenté, et l'homme trompé a cru devoir payer. Il n'a plus été question, comme on doit bien se l'imaginer, de boudoir à décorer.

~~~~~~~~

Un jeune homme, traversant à cheval un des nouveaux villages bâtis où était située la forêt d'Enfield, arriva à un endroit où l'on allait ouvrir pour la première fois une chapelle de méthodistes.

Ayant appris qu'il devait s'y faire une quête, il attendit que le service fût commencé, descendit de cheval, entra dans la chapelle, et écouta le sermon avec beaucoup d'attention. Peu de temps après, il tira sa bourse remit une guinée dans son chapeau, et fit le tour de la chapelle, en faisant très-dévotement la collecte. Les bonnes âmes émues et animées par son exemple, se livrèrent à leurs dispositions charitables, et mirent à l'envie dans le chapeau. Quelque extraordinaire que la conduite de cet étranger parût à tout le monde, on le laissa faire. Le ministre même, qui attribua ce zèle à une convertion subite du quêteur, et qui lorgnait le pécule dans son chapeau, ne s'y opposa point. Mais quelle fut la surprise de cette

congrégation de fidèles, lorsqu'ils virent le
nouveau converti gagner la porte de la
chapelle, au lieu d'entrer dans la sacristie! On eut beau lui crier de rapporter
le produit de la quête : « Non, répliqua-
t-il, mes frères; j'ai reçu volontiers ce
que vous avez donné librement et je le
garde. » Remontant ensuite sur son cheval, qui était fort bon, il laissa les
dévots crier contre lui, et lui souhaiter
selon la formule, *an eternal damnation*
(une damnation éternelle.)

~~~~~~~~~~

UN jour de l'anniversaire de la naissance de S. M. Britannique, des filous,
voyant que les avenues du palais de
Saint-James étaient remplies de gens
que la curiosité avait attirés pour voir

les personnes qui allaient à la cour,
lâchèrent un gros chien qu'ils avaient
mené en lesse, au milieu de la foule,
et au moment où cet animal mis en
liberté cherchait à se faire jour à travers
la populace, ils crièrent qu'il était en-
ragé. Cette rumeur occasiona une si
grande confusion parmi le peuple, que
tous les spectateurs se jetèrent les uns
sur les autres. Ceux qui étaient dans le
secret, saisissant ce moment, firent
une abondante récolte de montres, de
bourses, de tabatières, qui, dans le tumul-
te, changèrent de poche en un clin d'œil.

~~~~~~~

DANS un certain village de Normandie, un laboureur fit tuer un cochon
pour sa provision; et comme c'est la

coutume au pays quand on a tué, d'envoyer à ses voisins et amis de la saucisse
et des boudins, du pied, de l'oreille et
du foie; et lorsque les autres tuent, ils
renvoient les mêmes présens à ceux de
qui ils en ont reçu, ce laboureur, qui
en recevait de tous ses voisins, et qui
ne tuait qu'un cochon, étant bien en
peine de ce qu'il devait faire, s'adressa
à un de ses voisins qui, à ce qu'il croyait,
était un de ses meilleurs amis, lui disant :
Compère, il y a plusieurs personnes dans
cette paroisse qui m'envoient tous les ans
des présens quand ils tuent des cochons,
de sorte que, maintenant que j'en tue,
je me trouve comme obligé de leur rendre, et suis bien en peine de ce que je
dois faire : car si je veux rendre les présens à tous, ne tuant qu'un cochon, il

ne suffirait pas ; c'est pourquoi je vous
prie de me dire ce que je dois faire en
cette occasion. Ce que vous devez faire,
lui dit ce voisin, si j'étais à votre place,
je pendrais mon cochon à la fenêtre de
ma chambre, de manière que chacun le
vît, et le lendemain au matin, je ferais
accroire à tout le monde que l'on me
l'aurait dérobé ; par ce moyen, je serais
exempt de faire des présens à personne.
Je proteste, dit-il, que vous avez raison,
je suis résolu de suivre votre conseil ; à
quoi il ne manqua pas. Il fait pendre son
cochon, comme celui-ci le lui avait con-
seillé, dans un endroit, de sorte qu'il
pouvait être vu d'un chacun, et il était
en belle prise. Aussi celui qui lui avait
donné ce conseil ne manqua pas de se
relever la nuit, et de le lui dérober tout

de bon. Le lendemain au matin, le laboureur fut bien étonné quand il ne trouva plus son cochon : il maudit aussitôt l'invention de son voisin, qu'il avait tant approuvée la veille. La première personne qu'il rencontra fut ce même voisin, à qui il dit : Compère, pardi tu ne sais pas, on m'a cette nuit dérobé mon cochon, que je fis tuer hier. Bon ! répliqua son voisin, voilà comme il faut dire. Ce n'est pas le tout, poursuivit le laboureur, je te proteste que ce n'est pas une feinte, et que tout de bon on me l'a dérobé. Voilà qui est bien dit, répondit le voisin ; soutenez-le toujours aussi fermement, et assurément tout le monde vous croira. Le laboureur se mit à jurer et à affirmer qu'il ne se moquait point ; et plus il jurait, plus l'autre lui

disait qu'il avait raison ; de sorte que
voilà tout ce qu'il en put avoir.

~~~~~~~~~

Un maître filou bas-normand vint se
loger rue Saint-Denis, à l'hôtellerie qui
porte pour enseigne le Renard. A son
arrivée, il demanda à la maîtresse s'il
pouvait avoir une chambre et y être
traité à table d'hôte, parce qu'il avait
long-temps à demeurer à Paris; l'hôtesse
lui demanda combien il y pourrait sé-
journer, il lui répondit qu'il ne pouvait
pas bien le déterminer, parce qu'il y venait plaider un procès de conséquence,
et qu'il ne savait pas quand il pourrait
être terminé, et qu'il louerait Dieu de
bon cœur si les juges le pouvaient expé-
dier dans quatre ou cinq mois; mais qu'il

était résolu de ne point s'en aller de Paris qu'il n'en vît la fin. Venant ensuite à discourir sur le sujet de ce procès, il dit qu'il avait pris un office aux parties casuelles, qu'on s'était opposé à la levée, et qu'il demandait d'être reçu en déposant son argent, ce que l'on disputait; ajoutant qu'il avait apporté son argent pour ce sujet, qui s'élevait à dix mille écus, qu'il avait bien comptés dans sa valise, et qu'il priait l'hôtesse de lui vouloir mettre en lieu de sûreté, parce qu'il n'y voulait point toucher, cette somme étant réservée pour ce sujet. L'hôtesse lui promit d'en avoir le plus grand soin, et de la lui rendre toutes les fois et quand il la lui redemanderait. Le filou fait donc apporter une valise qu'il avait remplie de cailloux et qu'il avait fermée à trois ou quatre cadenas. L'hôtesse la reçut, la renferma encore, sans plus d'examen, sous deux ou trois clefs. Il s'informa combien on payait pour être couché et nourri à table d'hôte; la maîtresse lui répondit que le prix était de cinquante sous par jour; et que, venant ou non, on ne laissait pas de payer de même; il accepta les conditions et fit mettre par écrit le jour de son arrivée, pour payer quand il sortirait autant de jours qu'il y aurait demeuré. Il y avait au moins trois mois qu'il était logé dans cette hôtellerie, à faire grande chère, sans que le maître ni la maîtresse lui demandassent de l'argent, tant ces bonnes gens s'imaginaient avoir de bons gages dans cette valise, où ils croyaient qu'il y avait dix mille écus, comme le filou leur avait donné à entendre. Cependant, le rusé normand sortait tous les jours du matin et ne revenait qu'à midi, et après qu'il avait dîné, il ne rentrait que le soir, feignant toujours de venir solliciter ses juges, et de conférer avec son avocat. Il continua le même genre de vie jusqu'à ce qu'un jour il apprit que son hôtesse devait aller le lendemain de grand matin à Vaugirard, voir un enfant qu'elle y avait en nourrice, et ne devait revenir que le soir : cela lui donna lieu de jouer d'un tour à son hôte, dont le bon-homme était bien loin de se douter. Le filou sachant que la maîtresse avait la clef du cabinet où elle avait enfermé sa valise, vint sur le midi, contrefaisant le joyeux, dire à son hôte qu'il venait de gagner cent francs en un quart-d'heure, parce qu'il venait d'acheter un

cheval qui lui avait coûté cent écus, et
que tout à l'heure on lui en avait voulu
donner quatre cents francs. Il demanda
promptement sa valise pour prendre de
l'argent, pour payer le marchand qui
l'attendait pour aller dîner ensemble. Cet
hôte lui dit que sa femme en avait emporté la clef, et qu'elle ne devait revenir
que le soir. Là-dessus le filou commence
à jurer, à tempêter et à proférer mille
sermens, voulant à l'instant qu'on en-
voyât chercher un serrurier pour ouvrir
la porte, donnant pour raison qu'il ne
trouverait peut-être jamais une telle occasion. Le maître du logis lui représenta
qu'il ne pouvait faire ouvrir cette porte
sans se faire tort, et sans laisser tout à
l'abandon; que d'ailleurs étant seul, il ne
pouvait pas avoir le soin de vaquer à

cela. Ces raisons ne satisfont point le filou, il s'emporte de plus belle ; il ne veut
point manquer un aussi bon marché; il
craint que le marchand ne s'en aille, il
veut absolument que l'on envoie chercher un serrurier. L'hôte, pour l'apaiser
lui dit : Je ne saurais me décider à rompre ce cabinet pour avoir la clef, dites-
moi la somme dont vous avez besoin,
j'aime mieux vous la donner, vous me
la rendrez quand ma femme sera venue.
Le filou, qui ne demandait pas mieux,
fit semblant d'être mal satisfait, disant
que s'il avait besoin d'une plus grande
somme il en serait de même. Mais à la
fin, il se laisse engager à prendre cent
écus des mains de son hôte pour aller
payer le cheval qu'il feignait d'avoir acheté;
il fait même marché combien il lui en

coûterait par jour pour le nourrir, et
pour mieux colorer la ruse il donne
vingt-quatre sous au valet pour avoir soin
de le bien panser; il demande de plus une
pistole à l'hôte, pour payer le dîner qu'il
devait donner au marchand, ce à quoi il
feignait d'être obligé par le marché. Il
sort ensuite de ce logis, pour n'y rentrer jamais.

L'hôtesse arrive le soir, à qui son
mari fit des reproches d'avoir emporté
cette clef, pour laquelle il y avait eu beau
bruit. Elle s'en étonne, disant : Quoi !
depuis plus de trois mois qu'il loge ici,
il ne me l'a point demandée, il faut qu'à
point nommé un jour seul que je suis
déhors, il en ait eu besoin? Oui, dit son
mari, il a fallu que je lui donne cent écus
pour payer son cheval et une pistole pour

aller boire avec son marchand : Eh bien ! n'importe, dit-elle, nous avons d'assez bons gages. Le soir vient, le maître et la maîtresse de l'hôtellerie ne voyant point leur hôte, ne s'en étonnent pas beaucoup, ils croyaient qu'il faisait encore la débauche avec son marchand ; mais trois ou quatre jours après, n'entendant plus parler de lui, ils s'imaginèrent qu'ayant voulu revenir le soir même ou le lendemain, il aurait pu rencontrer quelques filous qui pourraient bien l'avoir tué pour avoir son manteau ; ils se confirmèrent encore plus dans cette croyance, après l'avoir en vain attendu plus de huit jours : ils présentèrent une requête à M. le lieu-tenant civil, exposant ce que dessus, disant être chargés d'une valise dans laquelle il y avait, à ce que leur dît la

personne, dix-mille écus ; qu'ils lui avaient
prêté plus de cent écus, et autant pour
le moins qu'il leur devait en consom-
mation faite chez eux ; que craignant
d'en être recherchés quelque jour, ils re-
quéraient que la valise fût ouverte par
autorité de justice, et déposée en telles
mains qu'il plairait aux juges d'en ordonner, croyant être obligés de faire cette
diligence pour leur sûreté. Leur requête fut accordée ; un commissaire leur
fut député avec sergent et greffier, et
trois ou quatre personnes pour être témoins à l'ouverture de la valise, pour
rendre encore la chose plus authentique.
Mais qui fut bien étonné ? ce fut mon
hôte, quand il ne vit que des cailloux ; car lui qui n'en savait rien que
par le récit de sa femme, qu'il croyait

avoir vu et compté l'argent, il demeura
plus froid que marbre, voyant bien qu'il
en tenait pour ses trois-cent dix livres,
et autant pour le moins de dépense,
et ce qui le désespérait le plus fut de
payer les frais de justice, et la taxe du
commissaire , du sergent et du greffier, ce qui se montait encore à plus de
soixante livres.

~~~~~~~~~

M. BOYLE était dans son château en
Irlande, un homme bien mis se présenta
et demanda à lui parler : le domestique
répondit que son maître était occupé ;
mais l'inconnu ayant persisté, dit au
domestique qu'il avait des choses de conséquence à communiquer à son maître,
il fut à la fin introduit dans un cabinet,

dont il ferma la porte avec soin; ensuite adressant la parole à M. Boyle, il lui dit : J'ai des affaires de la plus haute importance à vous communiquer, Monsieur, mais en même temps elles requièrent un secret inviolable; M. Boyle lui répondit qu'il le lui promettait sur l'honneur. Monsieur, continua l'inconnu, je ne serai tranquille qu'après que vous me l'aurez promis sur la Bible, et en ayant tiré une à l'instant de sa poche, M. Boyle fit le serment qu'on exigeait de lui. Maintenant, continua ce pieux coquin, vous allez connaître mon secret : il me faut 800 guinées, donnez-les moi sur-le-champ, ou vous êtes un homme mort : il appuya ce dernier argument d'un pistolet armé, et reçut de M. Boyle la somme qu'il venait de lui demander. Le fripon prit

tranquillement l'argent, fit une profonde
révérence, et rappela à M. Boyle le serment par lequel il s'était lié ; cet honnête
homme, mais faible, l'a gardé inviola-
blement, et ce n'est qu'après sa mort
que l'on apprit cette aventure, qui s'est
trouvée consignée dans ses papiers.

QUATRE filous eurent envie de faire
grande chère sans qu'il leur en coûtât
rien, aux dépens de qui il appartiendrait ;
et sachant qu'il y avait un garçon qui
était fort niais dans un bon cabaret de
Paris, ils crurent qu'il leur serait fort
aisé de le tromper ; ils concertèrent ensemble le jour, et se rendirent en conséquence à ce cabaret où ils demandèrent
à dîner. On s'imagine bien qu'ils firent

grande chère, et qu'ils burent du meilleur, puisqu'ils avaient résolu de ne
rien payer. Lorsqu'ils eurent bien dîné,
ils appelèrent le garçon pour compter;
la carte apportée, l'un d'eux fit semblant de mettre la main à la poche pour
tirer de l'argent, quoique pas un
d'eux n'eût un liard ; un autre qui
était assis auprès de lui, dit : Que
prétendez-vous faire, vous ne paierez
rien ici; le troisième se mit en colère
disant au garçon : Je vous défends de
prendre de l'argent d'aucun autre que de
moi. Mais le quatrième insista encore
plus que pas un, disant qu'absolument
il voulait payer; chacun faisant défense
de son côté à ce pauvre diable, il ne
savait auquel entendre. L'un d'eux dit
aux autres, Messieurs, je vois ce

que c'est , il n'y a personne de nous
qui veuille le céder à son camarade ,
et nous serions jusqu'à demain à dis-
puter ensemble. Il faut que celui-là
paie sur qui le sort échoira. Bandons
les yeux à ce garçon , afin qu'il n'ait
pas la liberté de choisir, et celui de
nous qu'il prendra, paiera l'écot : ils s'y
accordèrent tous , ainsi que le garçon
cabaretier , qui n'y pensait point ma-
lice. On lui banda les yeux , et les
drôles faisant semblant de s'écarter ,
s'en allèrent les uns après les autres , laissant ce pauvre garçon tâtonnant dans
cette chambre ; il fut bien une demi-
heure dans cet état, tâchant à en attraper quelqu'un , jusqu'à ce que le maître
de la maison revenant de la ville entra
dans cette chambre ; celui-ci l'entendant,

va le prendre au collet, en disant:
Ah! ma foi, vous paierez l'écot, et il
se trouva qu'il dit vrai, car l'écot alla
sur le dos du maître, qui, ayant appris
le tour qu'on lui avait joué, avait sujet
d'admirer la subtilité de son garçon.

~~~~~~~~~

Un jour que l'exempt de police, vêtu
de son plus bel uniforme, parcourait la
foire de Saint-Ovide, examinant si la
police était bien observée, un audacieux
filou s'approcha doucement, et lui coupa
le derrière de son habit. Peu satisfait
du succès de son effronterie, le hardi
coquin alla le lendemain chez l'exempt,
à l'heure qu'il le savait sorti, dit qu'il
était un garçon tailleur, et qu'il venait
de la part de monsieur, chercher, afin

de le raccommoder, l'habit dont la veille
des rusés filous, dignes d'être pendus,
avaient osé couper le derrière. La commission parut vraisemblable; on lui donna
ce qu'il demandait, et l'exempt n'a jamais pu découvrir son voleur.

~~~~~~~~~~

Un homme étant au parterre de la
Comédie Italienne, sentit un mouvement
à ses côtés, qui lui fit craindre qu'on ne
vînt de lui prendre sa boîte d'or; il chercha
promptement à s'éclaircir de la vérité
du fait, et reconnut avec douleur qu'il ne
s'était point trompé. La mauvaise mine
de certain quidam, qu'il aperçut près
de lui, fit tomber ses soupçons direc-
tement sur lui. Aussitôt il le saisit par
le bras, et lui dit à l'oreille, dans la

crainte de troubler le spectacle : « Vous venez de m'escamoter ma boîte d'or ; rendez-la moi, sinon je vous fais arrêter par la garde. — Si vous faites du bruit, vous me perdez, répond le filou, il est vrai que je vous ai subtilisé votre boîte ; mais faites-moi le plaisir de la reprendre vous-même dans ma poche, afin que les personnes qui nous entourent, ne s'aperçoivent de rien. » L'honnête homme se prêta bonnement au désir du filou, mais à peine se fut-il mis en devoir de le contenter, que celui-ci cria de toutes ses forces : au voleur ! On crut aisément qu'il avait raison, en voyant que la main d'un de ses voisins s'était introduite dans sa poche. La garde arriva sur-le-champ, se saisit de l'honnête homme, très-confus de sa simplicité. Ce que l'aventure eut de plus désagréable pour lui, c'est que, pendant qu'il protestait de son innocence, et découvrait toute la fourberie, le rusé filou se glissa dans la foule, et disparut avec la boîte.

~~~~~~~~~

UN filou rencontrant sur le Pont-Royal un porteur d'argent, lui demanda s'il n'appartenait pas à un banquier de ses amis qu'il lui nomma ; le porteur répondit que non. « J'en suis fâché, reprit le filou, j'ai coutume de me servir des porteurs d'argent de mon ami ; mais vous me paraissez un bon enfant, de quel côté allez-vous ? J'aime mieux que vous gagniez ce voyage qu'un autre. Le filou trouva que, tout en chemin faisant, le porteur pourrait se charger des sommes qu'il avait à recevoir. En suivant le quai des Théatins, il lui présenta une prise de tabac. Le malheureux porteur, enchanté d'une telle politesse, ne tarda pas à ressentir les effets de la poudre empoisonnée ; ses jambes chancelèrent, et il était sur le point de perdre connaissance , lorsque le filou qui l'accompagnait, le fit entrer dans un cabaret, et dit au maître que son porteur s'était enivré, mais qu'il recommandait qu'on en prît soin , jusqu'à ce qu'il eût cuvé son vin. L'on s'empressa d'autant plus à lui obéir, qu'il mit un écu dans la main du garçon, et le chargea d'aller lui chercher un fiacre; la voiture de place étant arrivée , il y monta avec le sac d'argent dont était chargé le porteur, et disparut. Au bout de plusieurs heures,

le porteur se réveilla, mais il fut bien
surpris de ne plus trouver son sac d'argent, il le demanda ; sur ce qu'on lui dit
que son maître l'avait emporté , il ne
douta plus alors de la fourberie de celui
qui l'avait accosté.

~~~~~~~~~~

Un filou s'écria tout à coup, au milieu
d'une foule, qu'on venait de lui voler sa
boîte d'or, et désigna un homme assez
mal mis, qui était auprès de lui, et qui
ne manqua pas de protester de son innocence. La garde accourut au bruit de
la dispute, et crut devoir mener chez
un commissaire et le plaignant et le dé-
fendeur. L'officier de police commença
par faire fouiller l'accusé, et on ne lui
trouva rien. « Je suis sûr qu'il a pris ma

boîte, s'écriait toujours l'homme qui se
prétendait volé ; qu'on cherche bien ;
elle est ovale, ornée de trophées et pleine
d'excellent macouba. » Enfin, on la découvrit dans une petite poche pratiquée
dans la basque de l'habit. « Je prie
monsieur le commissaire, dit alors le
plaignant, de vouloir bien goûter mon
tabac, il verra que c'est réellement ma
tabatière, indépendamment des autres
preuves que j'en ai données. » Monsieur
le commissaire, très friand de macouba,
en prit délicatement une prise, et le
trouva délicieux ; le premier clerc, dont
le nez était aussi gourmet, voulut en
savourer une prise, et le caporal du guet
demanda la permission de se régaler pa-
reillement de ce tabac si exquis. Un
instant après, ces trois personnes

s'endormirent. Aussitôt les deux filous s'emparèrent de tout l'argent que l'officier de police avait dans son cabinet; ils firent encore main basse sur sa montre, ses boucles, sur celles du clerc, et sur une tasse d'argent, et dix-huit livres qui composaient toute la fortune du caporal. Après avoir fait leur coup, ils se retirèrent chacun de leur côté, les soldats qui étaient à la porte ne s'étant point opposés à leur passage, parce qu'ils crurent leur affaire terminée. Cependant, les soldats étonnés et impatientés d'attendre plus d'une heure, dirent au domestique du commissaire d'avertir leur caporal, qui sans doute s'oubliait dans une conversation intéressante, que l'heure de la parade approchait. Le laquais étant entré dans le cabinet de son maître, fut

on ne peut plus surpris du profond som-
meil qu'il y vit régner.

~~~~~~~

DEUX filous de Paris envoyèrent chercher un riche marchand de soieries, et
lui dirent qu'ils étaient des négocians
flamands, et qu'ils avaient besoin de
belles étoffes de Lyon, au moins pour
dix mille francs. Le marchand retourna
tout de suite à son magasin, d'où il fit
apporter avec lui ce qu'il avait de plus
magnifique et de meilleur goût. Le choix
fut bientôt fait et le marché conclu ;
dans cet intervalle, on servit le dîner.
Le marchand pressé de se mettre à
table, y consentit enfin. A peine eut-
on desservi, qu'il entra un troisième
filou, qui dit à celui qui avait acheté

les étoffes : — Eh bien ! voulez-vous
que je vous donne votre revanche ? —
Volontiers, répondit l'autre, qu'on apporte des cartes. Monsieur, ajouta-t-il
en s'adressant au marchand, cet homme
est un négociant de mon pays, qui me
gagna hier deux mille écus ; si vous étiez
heureux, nous jouerions de moitié, cela
corrigerait la fortune, et en ce cas vous
tiendriez les cartes. Le marchand accepta
la proposition, et aussitôt on en vint aux
prises. En moins de deux heures, ce marchand perdit dix mille francs. Alors le
grec qui les gagnait fit une pause : « Monsieur, dit-il au marchand, comme je ne
sais avec qui j'ai l'honneur de jouer, et
que voilà déjà une somme assez considérable de perdue, vous me permettrez
de vous demander qui me paiera ? —

2   4

Allez, Monsieur, reprit l'autre filou,
je fais bon pour monsieur, je vous réponds de tout ce qu'il perdra ; je lui
dois dix mille francs pour des étoffes
qu'il m'a vendues, et que j'ai reçues.
— Voilà qui est clair, ajouta le grec
qui avait fait l'objection, reprenons les
cartes, je vais continuer. » Il continua
en effet, et le marchand perdit non-seu-
lement ses étoffes, mais encore tout
l'argent qu'il avait sur lui.

DEUX filous voulaient lier partie avec
un médecin fort riche et qui aimait pas-
sionnément le jeu, mais si occupé de
ses malades, qu'ils n'avaient pu le join-
dre malgré toutes les ruses qu'ils avaient
employées. Enfin, l'un des deux fripons

s'avisa de faire le malade, et envoya de grand matin chercher l'esculape. Celui-ci le trouva effectivement au lit, lui tâta le pouls, et ordonna une purgation ; mais c'était lui-même qu'on voulait purger. Il promit de revenir le soir, et lorsqu'il arriva, un pharaon était établi ; on n'y jouait qu'avec de l'or, et la banque était de deux cents louis. Le prétendu malade dit au médecin, après l'avoir entretenu de son état : — Vous avez la physionomie heureuse, voudriez-vous me faire le plaisir de ponter dix louis pour moi ? — Très-volontiers, répondit le docteur. Le grec lui donna les dix louis, et aussitôt il se mit à jouer. En moins d'un quart-d'heure, il gagna cinquante louis ; il les compta au malade, en lui témoignant qu'il avait eu plusieurs fois envie de lui proposer d'être de moitié. — Ah! mon Dieu, Monsieur le médecin, j'en suis au désespoir! Que ne m'avez-vous parlé? j'aurais été charmé de partager avec vous ce petit profit. Mais ce qui est différé n'est pas perdu, vous n'avez qu'à revenir demain à la même heure; ces messieurs seront ici, et nous jouerons ensemble ce que vous voudrez. Le docteur n'y manqua pas. Il s'associa avec son malade, qui se portait assez bien pour être autour de la table. On laissa d'abord gagner quelques louis au médecin; mais après la chance tourna, il perdit ce jour-là et les deux suivans vingt-mille francs, qu'il avait gagnés à force de courses et d'ordonnances.

LE lieutenant criminel de Paris, ayant marié sa sœur à un gentilhomme de campagne, ce gentilhomme était venu à Paris voir son beau-frère, chez qui il était depuis sept ou huit jours : étant prêt de s'en retourner, il dit au lieutenant criminel qu'il allait au Palais acheter quelques hardes dont sa femme l'avait chargé. Son beau-frère lui demande qu'elle somme il emportait : il dit qu'il avait une centaine de pistoles à employer. Prenez garde, dit le lieutenant criminel, d'être dévalisé par des filous, il y en a de bien subtils. Je ne crains pas cela, dit le gentilhomme campagnard, qu'ils ne m'épargnent pas s'ils peuvent, je suis plus fin qu'eux. Son beau-frère eut beau lui dire qu'il ne portât pas tant d'argent sur lui, que sans doute il s'en repentirait, il n'en

voulut faire qu'à sa tête, et commanda
qu'on mît les chevaux au carrosse. Pendant qu'on l'accommodait, il vint quatre
filous voir le lieutenant criminel, pour
lui recommander un de leurs compagnons
qui était prisonnier, accusé d'avoir coupé
une bourse dans le Palais; mais ces filous vinrent en si bel équipage qu'il n'y
eut eu personne qui ne les eût pris pour
des cavaliers de grande importance. On
sait qu'il y en a quantité de cette étoffe
dans Paris, qui vont parfaitement bien
vêtus, pour avoir entrée partout, et être
moins soupçonnés. Le juge criminel, qui
ne les connaissait point, leur fit un accueil digne de ce qu'ils représentaient,
et non pas de ce qu'ils étaient. Mais quand
il sut qu'ils venaient pour recommander
un fameux coupeur de bourses, accusé

et convaincu d'être tel, et qu'ils se qua-
lifiaient ses parens et ses amis, il reconnut bien ce qu'ils étaient, et leur fit assez
mauvaise réception, leur demandant s'ils
n'avaient point de honte de vouloir s'in-
téresser pour un pareil coupable. Ils ré-
pondirent qu'il était gentilhomme d'honneur, qu'il était accusé à faux, et qu'ils
prenaient tous part à l'infamie dont on le
voulait taxer; qu'ils en auraient raison,
ou qu'ils mourraient à la peine, et qu'ils
feraient pendre les faux témoins qui
avaient déposé contre lui. Tandis que le
juge criminel discourait avec ces quatre
honnêtes gens, son beau-frère lui envoya
demander s'il voulait mander quelque
chose au Palais; le lieutenant criminel
lui fit dire qu'il le priait d'attendre un
moment, qu'il avait quelque chose à lui

communiquer auparavant; il prit aussitôt congé de ces messieurs, auxquels il dit : Il pourrait bien être, Messieurs, que votre ami ou votre parent, ou tel qu'il vous plaira le nommer, ne soit pas si criminel qu'on nous le fait, mais nous ne pouvons juger que sur le rapport des témoins, qui entre vous et moi le condamnent ; je sais bien que cela est sensible ; aussi ai-je envie de le favoriser en cette occasion, si vous voulez m'obliger dans une chose dont je veux vous prier. Ils lui promirent tous de faire l'impossible pour son service.

Le juge, qui commençait déjà à les bien connaître, leur dit : Voici mon beau-frère qui s'en va à la galerie du Palais acheter des hardes pour porter à la campagne; il porte cent pistoles sur lui, et

témoigne n'avoir aucune peur des filous ;
si vous pouvez être assez adroits pour lui
prendre sa bourse sans qu'il s'en aper-
çoive, et me l'apporter sans toucher à
ce qui est dedans, je vous promets de
mettre votre ami en liberté. — Ah !
Monsieur , vous nous faites tort, pour
qui nous prenez-vous ? — Non , Messieurs, je ne vous fais point de tort, je
vous tiens pour braves gentilshommes ,
et pour gens d'honneur, et je sais que
vous ne vous mêlez pas de ce métier-là,
mais je veux savoir combien vous estimez
la vie de votre ami, pour l'amour du-
quel, si vous l'estimez au point que vous le
dites, vous ne trouverez point de difficulté à faire ce que je vous demande. Après
plusieurs répliques, les filous voyant qu'ils
ne pouvaient avoir la liberté de leur

2   5

camarade par aucun autre moyen, craignant que dans la question qu'on étoit
prêt de lui donner , il ne déclarât ses
complices , et qu'il ne les accusât, ils
promirent a ulieutenant criminel , quoique ce qu'il désirait d'eux était bien
éloigné de leur profession , qu'ils tâ-
cheraient d'en venir à bout , tant ils
désiraient la liberté de leur ami, ils
lui demandèrent ensuite à connaître quel
homme devait être leur dupe. — Il
va monter en carrosse, sitôt que je
lui aurai parlé ; attendez - le dans la
rue , suivez-le, et ne le manquez pas,
Les filous, après avoir pris congé du
juge , ne manquèrent pas d'attendre
dans la rue celui qu'on venait de leur
recommander , et de dire entre eux
qu'il ne fallait pas qu'il leur échappât. Le

lieutenant criminel pria instamment et de nouveau son beau-frère de ne point porter cet argent sur lui, et d'amener plutôt le marchand recevoir l'argent chez lui quand il aurait fait marché; mais il se moque de toutes ses remontrances, il monte en carrosse et se fait mener droit au Palais, où les filous qui l'attendaient le suivent sans le perdre de vue. Etant arrivé au Palais, il descend de carrosse, entre dans la galerie, et, s'étant arrêté dans une boutique, un de ces filous s'approche de lui, faisant semblant de marchander quelques hardes; il épie subtilement ses actions, et vit qu'il avait une main dans une poche avec laquelle il s'imagina qu'il tenait sa bourse, qu'il ne lâchait point; alors il avertit ses camarades qui résolurent de l'avoir par un stratagême dont ils prévinrent celui-ci, qui, instruit de ce qu'il avait à faire, retourne à son poste, c'est-à-dire, proche de l'homme qui avait la main dans sa poche : les autres filous se promenant dans la galerie approchèrent si près du beau-frère du juge, que l'un d'eux lui donnant un grand coup de coude dans l'estomac, il lui fit une douleur telle qu'il quitta sa main de sa poche pour la porter au lieu où il sentait le mal; aussitôt le filou qui était auprès de lui, et qui le guettait comme le chat fait à la souris, coule sa main dans sa poche fort subtilement, et se saisit de sa bourse; il s'esquive et va rejoindre ses compagnons qui l'attendaient au rendez-vous, et qui, ravis de joie, se rendirent sur le-champ chez le lieutenant criminel, à qui ils remirent la bourse, ce dont il fut

extrêmement content; il leur tint la parole qu'il leur avait donnée, en faisant
mettre leur camarade en liberté.

Le beau-frère du lieutenant criminel,
qui était demeuré dans la galerie du Palais, et qui ne songeait à rien qu'à sa
douleur, après qu'elle fut un peu passée,
retourna marchander les hardes qu'il voulait avoir; et étant convenu du prix,
comme il voulait payer, il s'aperçut
qu'on lui avait pris sa bourse; il demeura
si surpris, que ne sachant que dire, ni
faire, il fut contraint de retourner au
logis avec une tristesse peinte sur le visage, qui eût fait juger son accident à son
frère, quand même il n'en eût rien su.
Il s'informe de ce qu'il a; l'autre dit qu'il
n'a rien, tant il craint qu'on ne sache son
malheur, dont on avait sujet de se

moquer, puisqu'il avait été si bien averti.
Le lieutenant criminel voyant qu'il ne
pouvait tirer une parole de lui, dit : Je
présume, vu la tristesse que vous avez,
qu'il vous est survenu quelque aventure
fâcheuse, et que vous seriez un homme
à vous être laissé prendre votre bourse.
Excusez-moi, dit-il froidement, c'est que
je ne me trouve pas bien. Allons souper,
reprit son beau-frère, et vous-vous por-
terez mieux. Il répondit qu'il ne pouvait
manger, et qu'il ne souperait pas, mais
son beau-frère l'importuna tant qu'il se
mit à table; mais il ne toucha à rien de
ce qu'on lui présenta sur son assiette.
Qu'on m'apporte, dit le lieutenant criminel, le ragoût que j'ai ordonné, je suis
certain que cela donnera de l'appétit à
mon frère. L'autre dit qu'il n'y toucherait

pas. Le lieutenant répliqua qu'il ga-
gerait le contraire, et que cela assurément
lui donnerait de l'appétit. Les valets, qui
avaient le mot de leur maître, apportèrent
un plat couvert, qu'ils mirent devant le
beau-frère, qui n'y voulait point toucher,
quelque instance que lui en fît le lieutenant, à la fin il lui dit : Si vous n'en
voulez point goûter, je vous prie de m'en
servir ; il découvre aussitôt le plat, et
aperçut que c'était sa bourse, que son
frère, pour se moquer de lui, avait fait
servir ; à cette vue, il fut plus joyeux
qu'étonné, le lieutenant s'apercevant du
plaisir qu'éprouva son frère, lui dit : Eh
bien! que vous semble de ce morceau,
n'est-il pas suffisant pour vous donner de
l'appétit? Il voulait savoir comment il é tait
possible que sa bourse eût sauté là ; mais

son frère lui dit, soupez, et après vous le
saurez. Il ne se fit pas prier deux fois, il
mangea autant que quatre, et après le
souper on lui conta le tour qu'on lui avait
joué; il ne put s'empêcher d'en rire,
tant cette aventure lui paraissait extraordinaire.

~~~~~~~

La femme de charge d'un seigneur
anglais, absent de la ville, ayant reçu
par un commissionnaire une lettre qui
paraissait écrite par son maître, qui
lui enjoignait de tenir tout prêt pour son
retour, à certain jour qu'il fixait; voyant
par cette lettre qu'il lui était ordonné
de retirer la vaisselle de chez un banquier où elle avait été déposée pour plus
de sûreté durant le séjour de ce seigneur

à la campagne, elle hésita si elle devait obéir, ne voyant pas la marque de la poste sur la lettre : voulant s'assurer si l'écriture était de son maître, elle alla consulter le frère de ce seigneur, pour savoir ce qu'elle devait faire. Celui-ci, après avoir paru examiner la lettre fort attentivement, lui dit qu'il était parfaitement convaincu qu'elle était de son frère, et lui conseilla d'exécuter les ordres qu'elle contenait. Les craintes de la femme ne furent pas pour cela dissipées; elle se rendit chez le banquier, moins pour lui faire délivrer la vaisselle, que pour lui demander conseil sur ce qu'elle devait faire. Le banquier parut si persuadé que la lettre venait du maître de cette femme, qu'il le lui persuada à elle-même, et il fut

convenu qu'il enverrait le coffre-fort.
Cependant, pour se mettre en sûreté,
elle pria le boucher de la maison d'y
laisser coucher un de ses garçons jusqu'au lendemain, jour, selon la lettre,
de l'arrivée de son maître. Le boucher
ne pouvant se passer d'aucun de ses
gens, lui offrit son chien, remarquable
par sa férocité, en l'assurant qu'en cas
de danger, il serait d'une meilleure défense que tout autre gardien. En conséquence, le chien fut enfermé dans la
chambre où se trouvait la vaisselle avec
d'autres effets précieux. La nuit se
passa sans alarmes; mais le matin la
femme de charge trouva, en descendant,
la porte de l'office ouverte, et le cadavre d'un homme avec les entrailles ar-
rachées, la figure, les mains, la gorge,

remplies de morsures. Le chien qui connaissait la femme, la laissa approcher sans lui faire aucun mal ; elle examine le cadavre, et trouve que c'est le frère de son maître qu'elle avait consulté la veille.

~~~~~~~~

Un jeune homme fort bien mis passant dans une rue écartée d'un des faubourgs de Paris, aperçut deux hommes qui, marchant à quelque distance, paraissaient fort en colère l'un contre l'autre. Les paroles piquantes qu'ils se répondaient mutuellement augmentant leur fureur, ils s'arrêtèrent, mirent l'épée à la main et se poussèrent de terribles bottes. Le jeune homme fut contraint d'être spectateur du combat. Mais il n'eut point le temps de

s'impatienter. L'un des plus animés, se li-
vrant trop sans doute au fer de son
ennemi, reçut un grand coup d'épée,
et tomba noyé dans son sang. Le vain-
queur prit aussitôt la fuite. La rue où
les deux champions venaient de s'attaquer
n'étant bordée de chaque côté que par
une longue muraille, le blessé pouvait
mourir sans secours. Touché de son triste état, le jeune homme s'en approcha
humainement : Ah ! Monsieur, lui dit
celui-ci, d'une voix faible, conduisez-moi
au nom de Dieu, chez le premier chirurgien, je sens que je n'ai pas une
heure à vivre. L'honnête jeune homme
le prit aussitôt sous le bras, et le soutint du mieux qu'il fut possible, en
l'aidant à marcher. Que je vous ai d'obligations, s'écriait le blessé! je soupçonne

que le malheureux qui sera cause de ma mort est un filou. Défiez-vous de ces gens-là; ils cherchent dispute à ceux dont l'apparence leur plaît; on veut leur tenir tête, et l'on succombe parce qu'ils sont sûrs de leur coup.

Tandis que le blessé parlait de la sorte, celui qui le conduisait vit à quelques pas de là le nom d'un chirurgien, écrit en grosses lettres au-dessus d'une porte; il crut devoir entrer dans cette maison. Une espèce de frater l'introduisit, lui et son malade dans une grande vilaine chambre où il fut bien surpris de trouver le spadassin qui venait de montrer sa valeur, et plusieurs personnes avec lui. Le blessé prit alors tout-à-coup des forces, en tirant de dessous son habit une vessie dans laquelle il y

avait encore un peu de sang : Je n'en
ai plus besoin, s'écria-t-il, la dupe est
tombée dans nos filets; on peut maintenant ôter de dessus la porte l'enseigne
du chirurgien. A ces mots on entoura
le pauvre homme, on le pressa de donner de bonne grâce sa bourse, sa montre, ses bijoux, ses boucles, etc. Il
voulut résister, des épées furent alors
tournées contre sa poitrine; l'amour de
la vie l'obligea de se laisser dépouiller.
Les rusés filous dans la crainte que le
jeune homme ne remarquât la maison
et la rue, le gardèrent jusqu'à la nuit,
alors ils lui bandèrent les yeux; deux
d'entre eux l'accompagnèrent, lui firent
faire plusieurs détours, lui ôtèrent le
bandeau, en lui disant que s'il criait ou
regardait derrière lui, il était mort. On

s'imagine bien que le jeune homme ne pensa à autre chose qu'à s'éloigner au plus vîte d'une telle société.

~~~~~~~~

Des filous dédaignant des moyens ordinaires, voulurent tromper le public par un stratagême nouveau. Ils s'associèrent, à cet effet, une intrigante qui tenait assemblée dans Paris. Ils la mirent dans un carrosse brillant, suivi de deux autres, et voyagèrent en Allemagne, publiant partout qu'ils conduisaient une princesse grecque dépouillée de ses états par le grand Seigneur. Chacun de ces fripons jouait un rôle dans cette comédie. L'un était le secrétaire d'état de son altesse, l'autre son maître d'hôtel ; celui-ci son gentilhomme ; un quatrième, son écuyer, etc,

Ils avaient pris des habits orientaux, et
ne parlaient que la langue franque,
espèce d'Italien corrompu dont se ser-
vent les Lévantins. On allait au-devant
de la prétendue princesse; on cherchait
à la récréer par différentes fêtes; mais
rien ne l'amusait plus que le jeu, dans
lequel personne n'excellait/plus qu'elle
à tromper, il est vrai qu'elle était bien
secondée par ses affidés. Elle comman-
çait à faire fortune, lorsque dans une
petite ville il se trouva un auteur qui
venait de donner tout nouvellement en
langue allemande, une histoire générale
des différentes révolutions de l'empire
ottoman, et qui n'avait pas mis un mot
de son altesse. On accusa l'historien
d'ignorance. Son honneur l'engageait à
éclaircir le fait. Il s'en acquitta avec tant

de succès, qu'il désabusa les Allemands sur cette prétendue souveraineté, et prouva très-clairement que la princesse et tous ceux de sa suite étaient une bande de fripons. Son altesse craignant sagement les suites de cette découverte, revint, par des routes détournées, reprendre son tripot à Paris.

~~~~~~~~~

FRANÇOIS PREMIER étant dans sa chapelle avec plusieurs seigneurs, pour entendre la messe, un filou, fort bien habillé, se mit derrière le cardinal de Lorraine, et lui escamota sa bourse; mais n'ayant pu le faire sans que le roi s'en aperçût, il lui fit signe du doigt de ne rien dire. Le roi le laissa tranquille, et demanda après au cardinal ce qu'il avait fait de sa bourse. Celui-ci ne la trouvant point, parut fort inquiet, et donna une scène au roi qui, après avoir bien ri, voulut qu'on lui rendît ce qui avait été pris. Mais l'auteur du vol ne parut pas, et le roi s'aperçut, un peu tard, qu'il avait été joué.

~~~~~~~

TROIS filous avaient amassé deux mille louis d'or et avaient envie de les doubler ; ils s'habillèrent magnifique-ment, et allèrent chez un banquier, lui remirent les deux mille louis d'or, et le prièrent de leur donner une lettre de change de pareille somme à tirer sur Lyon. Ils n'eurent pas de peine à obtenir ce qu'ils demandaient, et ils l'engagèrent en même temps à écrire à son correspondant

par le premier ordinaire, parce que
l'un d'entr'eux, disaient-ils, allait prendre la poste pour Lyon, où il en aurait besoin à son arrivée.

Dès que cela fut fait, ils contrefirent
la lettre de change, la donnèrent à un
des leurs qu'ils firent partir en poste,
pour recevoir l'argent à Lyon, aussitôt
que le correspondant y recevrait la lettre d'avis. Ils retournèrent chez le banquier lorsqu'ils furent assurés que la
lettre qu'il avait écrite était bien loin ;
ils lui rendirent sa lettre de change, en
lui disant que la personne qui devait aller
à Lyon, avait reçu un contre-ordre, et
ils le prièrent de leur rendre leur argent, en le payant de ses frais. L'honnête banquier y accéda, et ils rentrèrent
chez eux riches de quatre mille louis

d'or : car leur commissionnaire se fit payer sa fausse lettre de change, et revint quelques jours après à Paris.

~~~~~~~~~~

Un gentilhomme qui voyageait à cheval, dans le comté de Glocester, rencontra une femme étendue au milieu du grand chemin, qui lui demanda du secours ; elle lui dit qu'elle venait d'être volée et maltraitée par des fripons, et le pria de vouloir bien l'aider à se relever : afin qu'elle pût se traîner jusqu'au village prochain. Le gentilhomme, touché de pitié, met pied à terre, tend la main à cette malheureuse femme, qui lui présente aussitôt un pistolet, et lui demande la bourse. Le gentilhomme déconcerté de la proposition, donne son argent et se laisse prendre sa monture. Alors, le fripon, qui n'avait de femme que l'habit jette son déguisement, monte sur le cheval, s'enfuit à toute bride, et laisse le gentilhomme fort étonné, plus affligé encore, et promettant sincèrement à Dieu de ne jamais descendre de cheval pour relever les femmes qui lui demanderaient du secours.

~~~~~~~~

Dans la ville de Paris, car c'est-là où les filous ont ample matière de bien exercer leur métier, un homme de cette confrairie voulant s'en aller chez lui, et n'ayant que ce qu'il lui fallait pour faire son voyage, et pour retirer son cheval de l'hôtellerie, n'avait pas de quoi acheter une paire de bottes, dont il avait

le plus grand besoin; il résolut d'en
escroquer une par subtilité. Il fut chez
un cordonnier en commander une paire,
disant qu'il les lui fallait absolument
pour le lendemain à sept heures du matin; il fit prendre sa mesure, observa
qu'il les voulait de vache de roussi d'une
telle hauteur de talon : ce que le cordonnier lui promit. Il fut chez un autre
cordonnier, et lui commanda aussi une
paire de botte du même cuir et de la
même façon, disant qu'il les lui fallait
le lendemain matin à huit heures sans
faute. Le premier cordonnier ne manque pas, le jour dit, à sept heures
précises de lui apporter ses bottes à
son logis, il lui en essaie une qui allait fort bien; en chaussant la seconde,
il fit semblant qu'elle le blessait, disant

au cordonnier qu'il avait oublié de lui observer qu'il la tînt un peu plus large que l'autre, vu qu'autrefois il avait eu une jambe cassée, et qu'il fallait que sa jambe y entrât à l'aise, mais que lui étant survenu une affaire importante, il ne pourrait partir que dans l'après-midi; qu'il pouvait la mettre en forme, et la lui rapporter sans faute sur le midi, qu'il ne sortirait point du logis. Le cordonnier lui laisse la botte qu'il avait chaussée, et porta l'autre à l'embouchoir. Sitôt que le cordonnier fut parti, il se fit ôter cette botte, et à huit heures l'autre cordonnier ne manqua point d'apporter les bottes qui lui avaient été commandées, il en fit autant qu'à l'autre; la première allait fort bien, mais il fallait qu'il mît l'autre à l'embouchoir, et qu'il la lui rapportât sur le midi. Cet autre cordonnier s'en va, lui laissant cette botte chaussée comme avait fait l'autre : de sorte que se voyant une botte d'un cordonnier, et une d'un autre, il compte avec son hôte, paye, monte à cheval et s'en va. Les deux cordonniers reviennent à l'heure dite; chacun une botte à la main, se rencontrent à la porte, et apprennent que leur homme est parti, et le tour qu'il leur a joué; de sorte que pour s'accorder ils furent contraints de jouer en trois coups de dés à qui la paire de bottes resterait.

~~~~~~~

SEPT filous étaient aux aguets depuis long-temps pour trouver l'occasion de duper un banquier de Lyon, qui était arrivé à Paris, ét qui avait la réputation d'aimer le jeu; mais celui-ci se tenait sur ses gardes. Ces messieurs ayant su le jour de son départ pour Lyon dans la diligence, jugèrent qu'il n'y avait plus de temps à perdre : ils arrêtèrent sept places. Ce banquier se trouva donc embarqué avec sept filous qui feignaient de ne point se connaître, qui se donnaient, l'un pour un colonel étranger, l'autre pour un seigneur qui voyageait incognito pour son plaisir; celui-ci était le parent d'un ministre; celui-là d'un duc et pair, et ainsi des autres. Le banquier ne tenait presque point de place dans la voiture, tant il était petit auprès de gens d'une si grande considération : il ne s'était trouvé de sa vie en si bonne compagnie. Le soir les filous demandèrent des cartes, et

2

jouèrent entr'eux, sans mettre de la partie
le lyonnais, qui, s'ennuyant d'être simple spectateur, pria qu'on lui permît
d'y prendre part. On y consentit par
politesse, et très poliment on lui enleva
à différentes séances, tout son argent
comptant et ses lettres-de-change. On
en était à la dernière, lorqu'on arriva
à Lyon, où ces messieurs cherchèrent
un autre banquier qui voulût faire avec
eux le voyage dans la diligence.

~~~~~~~~~

Un filou, qui en voulait à un financier,
apprit que ce dernier avait été obligé de
se loger chez un chirurgien pour réparer
sa santé, que son libertinage avait al-
térée. Bon, dit le filou, qui sut cette
anecdote, voilà mon affaire : je ne puis

plus manquer mon homme ; je n'ai qu'à passer aussi par les remèdes : je ne risque rien en cela ; il n'y a pour moi, au contraire, qu'à gagner à ce marché ; car il est incertain si je n'ai pas la même maladie, et il est sûr que je lui attraperai son argent. Tous les médecins disent qu'il faut s'amuser pendant le cours de ces remèdes : je me chargerai donc de l'amuser. Ce qu'il fit en effet d'une manière si intéressante, que pendant le cours des remèdes, le financier perdit quatre-vingt mille livres, et sortit de ce lieu, après soixante jours, radicalement guéri et des femmes et du jeu.

DANS le faubourg Saint - Germain, rue Saint - Dominique, vivait avec une

gouvernante, un homme d'un certain âge,
et retiré. Il avait la passion qui se for-
tifie aux dépens des autres, et meurt
avec nous, l'avarice. Tout son plaisir
était d'accumuler louis sur louis. Un
jour qu'il était allé à la campagne pour
quelque temps, ayant laissé sa ménagère
chez lui, des quidams se présentèrent
en robe, rabat, etc. Ils frappent, la
gouvernante ouvre : ils lui déclarent que
son maître est mort, et qu'ils viennent
mettre les scellés. La pauvre femme
toute interdite se livre à la douleur.
Cependant, après avoir annoté les gros
meubles, ils demandent les clefs des
armoires pour serrer ce qui traînait. Ils
vont au secrétaire, trouvant un magot
en or de 180,000 l. Ils requièrent la
bonne dame de se charger de cet argent,

suivant l'usage : elle témoigne une répu-
gnance qu'ils étaient bien disposés à
faire naître ou à prévenir. On lui dit
qu'on va lui donner une décharge, et
dresser procès-verbal comme quoi le
commissaire restera chargé de cet objet,
ainsi que des bijoux, argenterie, etc.
qu'il n'est pas prudent de laisser sous les
scellés. Le coup fait, ils expédient promptement le reste de cette comédie, et
prennent congé de la gouvernante, la
déclarant gardienne ; lui donnèrent quelque argent comptant, et l'exhortèrent à
se consoler.

Au bout de quelques jours le maître
revint et frappa à sa porte. La gouvernante l'ouvrit et la referma brusquement,
en se signant, croyant voir un revenant.
Le vieillard ne sait ce que signifie

ce manège. Il frappe de nouveau et fait
grand fracas. Tous les voisins accourent,
le bruit de sa mort s'étant répandu dans
le voisinage , ils sont dans la même
épouvante. Le plus hardi cependant entre en pourparler : le prétendu revenant
ne conçoit rien à cette histoire. La porte
s'ouvre enfin une seconde fois; il demande à sa gouvernante l'explication de
cette fourberie. Elle raconte ce qui s'est
passé , lui fait voir les scellés partout.
Il n'a rien de plus pressé que de courir
à son secrétaire : elle lui déclare qu'il
n'y trouvera plus d'argent; que la justice prétendue s'est emparée de tout. Ce
malheureux à l'instant juge qu'il est volé
et devient fou de désespoir.

UN homme bien mis ayant une canne à pomme d'or, se promenait dans le jardin des Tuileries; il jouait avec le soutien qu'il tenait derrière son dos. Quelqu'un vint le lui arracher avec violence. Il se retourne : l'homme ne s'enfuit pas, lui fait mille excuses, lui dit que l'obscurité l'a trompé.; qu'il le prenait pour un de ses amis qu'il voulait surprendre; il lui remet en même temps sa canne. Le propriétaire va dans une maison, où il conte son aventure. Quelqu'un plus soupçonneux lui demande s'il a bien examiné sa canne. Il avoue que non, et reconnaît à l'instant qu'on lui a substitué un mauvais jay garni de cuivre.

~~~~~~~~

EN juin 1775 un homme vient au corps-de-garde du Pont-Neuf, au milieu de la nuit; se dit locataire d'une des nouvelles boutiques établies sur ce pont, demande de la lumière et une escorte, sous prétexte qu'il·était pressé de partir le lendemain matin plus tôt qu'il ne comp--tait pour une foire, et qu'il était obligé de préparer sur-le-champ ses marchandises. Le sergent ne forme aucun doute sur ce rapport, détache deux fusiliers pour escorter le prétendu marchand. Avec de fausses clefs il ouvre la bouti-que et les armoires : il prépare ses bal-lots; les soldats même l'aident et trans-portent à sa prière lesdits ballots au corps-de-garde, où il ne les laisse pas long-temps. Le vrai possesseur arrive le lendemain à l'heure ordinaire, trouve la boutique vide, se plaint et apprend le stratagême.

Les filous, tous grecs qu'ils sont, ont quelquefois été pris pour dupes. Trois de ces messieurs logeaient dans une même auberge avec un jeune provincial venu à Paris pour recueillir une riche succession. Ils résolurent de changer les intentions du testateur en s'appropriant une partie de cet héritage. Un soir ils proposèrent à cet effet au provincial de jouer. Celui-ci qui avait des affaires pressantes pour le moment, demanda que la partie fût remise au lendemain ; ce qui fut accepté de bon cœur de la part des filous. Ils s'assemblèrent même une heure avant le temps marqué pour le rendez-vous, dans la chambre où était dressée la table du jeu, et délibérèrent de quelle manière ils gagneraient le provincial. Il fut décidé qu'on jouerait au lansquenet ; et que , pour écarter tout soupçon, on lui laisserait gagner au commencement cent louis. Ils avaient d'ailleurs éprouvé que les dupes se livrent toujours au jeu avec plus d'ardeur par cet appât. Le projet était bien concerté , et ne pouvait manquer de réussir, si le provincial , qui était rentré dans l'au-berge sans qu'on le soupçonnât, n'eût entendu cette conversation d'une cham-bre voisine. Il dressa en conséquence sa contre partie. Une demi-heure après il se rendit dans la salle , se mit au jeu : et lorsqu'il eut gagné les cent louis, son laquais, qui était averti, vint lui dire , dans le moment, qu'une personne vou-lait lui parler. Il sortit, et alla loger ailleurs.

Un jour que le comte de soissons
était au jeu, il aperçut derrière sa chaise, dans une glace, un homme dont la
mine ne lui disait rien de bon. Cette
défiance le rendit attentif. Effectivement
peu de temps après il sentit couper le
cordon de son chapeau. Il feignit de ne
s'être aperçu de rien, et prétextant
quelque besoin, il se tourne vers le filou,
et le prie de vouloir bien tenir son jeu;
ce que celui-ci ne put refuser. Le comte
descend à la cuisine, et se fait donner
le tranche-lard le mieux affilé qu'on
pût trouver, il le cacha sous son habit,
et rentra dans la salle. Le filou, impa-
tient de s'esquiver, se lève pour rendre
le jeu qu'il tenait; mais le prince lui fit
signe de continuer. En même temps il
s'approche le plus doucement qu'il peut

de ce filou, se saisit d'une de ses oreilles, qu'il coupe, et la tenant à sa main :
Monsieur, lui dit-il, quand vous me rendrez mon cordon, je vous rendrai votre
oreille.

~~~~~~~~~

MILORD STRAFORD fut volé très-adroi-
tement. Il avait une épée d'un grand prix.
Un filou se déguise en exempt, et ses
camarades se travestissent en soldats aux
gardes. Ils attendirent le lord dans une
rue où il devait passer à pied sur la fin
du jour. Le faux exempt l'arrêta, en lui
disant qu'il avait ordre du roi de le conduire à la Bastille. Il lui montra un ordre
faux parfaitement bien imité : il le fit
entrer dans un fiacre, et monta avec lui.
La troupe escorta le carrosse. Lorsqu'ils

furent près de la Bastille, le filou demanda au lord son épée, parce qu'il ne convenait pas à un prisonnier de la garder ; il promit de la rendre lui-même à l'hôtel du lord. Il descendit après, comme s'il eût voulu aller parler au gouverneur de la Bastille : il laissa le lord seul dans le fiacre, et ne revint plus, ni lui, ni ses gens. Ce seigneur ne voulait pas croire, même long-temps après, qu'on eût voulu le filouter.

Un archevêque de Cantorbery, en allant à sa maison de campagne, s'arrêtait ordinairement à une petite auberge isolée au milieu d'une forêt, pour faire rafraîchir son équipage ; il aperçut de la fenêtre de cette auberge un particulier

qui se promenait seul çà et là dans les
bois, gesticulant et remuant les lèvres
comme un acteur qui répète seul son
rôle; il fut curieux de savoir ce que cet
homme faisait; il l'aborde et lie avec lui
une conversation que celui-ci interrom-
pait à chaque instant par de nouveaux
gestes et un soliloque presque continu :
« A quoi êtes-vous donc occupé, lui
dit l'archevêque? — Je joue, dit l'autre.
—Avec qui? — Avec Dieu. » Il n'en fallut pas davantage pour persuader à l'archevêque qu'il parlait à un fou, et il
résolut de s'en amuser quelques instans.
« A quel jeu jouez-vous? — Aux échecs.
—Et le jeu est-il intéressé? — Assurément.
—Quand vous gagnez ou que vous perdez, comment faites-vous vos comptes?
—Très-aisément : lorsque je perds, Dieu

m'envoie aussitôt un pauvre à qui je donne ma perte, au moment où je vous parle je suis *mat*, et je dois cinquante guinées, » A ces mots il tire cinquante guinées de sa poche, les donne à l'archevêque et s'enfuit. Le prélat ne savait que
penser d'une aventure aussi singulière.
Il continua sa route, et distribua aux
pauvres les cinquante guinées. A son retour, il trouve son homme au même
endroit et l'aborde, comme une ancienne
connaissance : « Eh bien! jouez-vous toujours, lui dit-il, comment la chance a-
t-elle tournée depuis notre dernière entrevue? — Tantôt bien, tantôt mal,
répondit le joueur; aujourd'hui j'ai fait
les plus beaux coups du monde; à l'instant où vous m'avez abordé je gagnais la
cinquième partie. Et qui vous paiera, dit

l'archevêque?—Ce sera vous, dit brusquement l'autre, en tirant un pistolet de
sa poche; car comme Dieu m'envoie toujours un pauvre quand je perds, il ne
manque jamais de m'envoyer un riche
quand je gagne. » L'archevêque venait
de recevoir cinq cents guinées, le joueur
le savait, il fallut les lui donner. Le prélat s'aperçut alors, mais trop tard, que
cet homme qu'il avait cru fou n'était
qu'un fripon.

⁓⁓⁓⁓⁓

Un marchand de Londres se trouvant
pressé d'argent, apprend, par quelque
voie indirecte, qu'un particulier devait
le lendemain se rendre à tel endroit avec
une somme de 500 l. ster. Le marchand
monte à cheval muni d'un lapin; vers le

déclin du jour il joint la voiture, ordonne au postillon d'arrêter, puis s'approchant de la portière : Monsieur, dit-il au
voyageur, j'ai un lapin à vendre. — Un
lapin! que voulez-vous que j'en fasse?
—Que vous en ayez besoin ou non je
veux le vendre; point de réplique, le
prix est de 500 liv. ster. L'homme en
chaise entend à demi-mot, donne son
argent, et prend le lapin... Au bout d'un
certain temps, le voyageur courant les
rues, crut reconnaître son marchand de
lapin dans la personne d'un gros réjoui
qui se caressait le menton sur la porte
de sa boutique : il va aux informations,
et confirmé dans son soupçon, son premier soin est d'acheter un lapin au proche marché, puis entrant dans la boutique sous prétexte d'acheter quelque chose

il demande à entretenir le maître en particulier ; quand il sont seuls : Monsieur, dit-il, j'ai un lapin à vendre (le tirant de sa poche) j'en ai payé un à-peu-près semblable 500 l. ster. celui-ci en vaut 600. —Le bourgeois, un peu déconcerté, mais se remettant bientôt, s'écrie alors : Que je suis aise de pouvoir m'acquitter envers vous ; sans vous, sans cette somme de 500 liv. ster. j'étais ruiné ; mes affaires se sont rétablies ; depuis j'ai recueilli une succession considérable, je vous prie d'accepter le double de la somme. — Alors le voyageur se contentant du recouvrement de ses 500 liv. ster. se retira très-satisfait.

UN filou jouait au piquet avec un vieux capitaine de cavalerie, dans une ville de province, et le filoutait sans user de beaucoup d'adresse. Toutes les fois qu'il voulait avoir beau jeu, il mouchait d'une main la chandelle, et de l'autre escamotait le talon. L'ancien militaire qui n'était pas dupe, s'étant aperçu deux ou trois fois de cette manœuvre, lui dit en s'arrêtant et posant ses cartes sur la table : « Monsieur, je remarque que toutes les fois que vous mouchez la chandelle, je n'ai point d'as. Je vous serais obligé de vouloir bien vous dispenser de prendre tant de peine, car j'aime encore mieux n'y voir pas si clair, et avoir des jeux moins louches. » Sur ce premier avis, le filou se retint quelques momens ; mais une heure après, étant question de la fin d'une partie décisive, et ayant ce coup-là un jeu si mauvais, qu'il ne lui fallait pas moins que les huit cartes du talon pour le raccommoder, il prit de nouveau les mouchettes, et dit au capitaine : « Je vous demande bien pardon, Monsieur, mais c'est une vieille habitude que j'ai prise au piquet. » Et moi, dit le militaire, en l'arrêtant sur le fait, comme il escamotait le talon : « C'est un usage que j'ai de moucher ceux qui me volent au jeu. » En même temps il tira de sa poche un couteau, et lui coupa le nez.

~~~~~~~

Un capucin de Meudon, frère quêteur, revenait dans son couvent avec ce qu'il avait pris de poissons ; un coquin

l'arrête, et lui demande, le pistolet sur
la gorge, la bourse ou la vie. Le moine
fait ses représentations, lui déclare que
c'est tirer la poudre au moineau ; qu'un
homme de sa robe n'a pas grand-chose à
donner ; l'autre insiste, lui fait vider ses
goussets, ses aisselles, sa tirelire, forme
une capture de trente-six livres et s'en
va. Le moine le rappelle et lui dit :
Monsieur, vous me paraissez mettre bien
de l'humanité dans votre procédé ; ren-
dez-moi un service : je vais rentrer dans
mon couvent ; j'aurais besoin de justifier
que j'ai été volé, ou je cours risque d'essuyer un châtiment plus cruel que la
mort, tuez-moi, ou fournissez-moi quelque excuse. Père, que faut-il faire ? Tirez-
moi votre pistolet dans quelqu'endroit
de ma robe, que je puisse prouver avoir

fait quelque défense. — Volontiers, étendez votre manteau. Le voleur tire, le capucin regarde : — Mais il n'y paraît presque pas ! — C'est que mon pistolet n'était chargé qu'à poudre... Je voulais vous faire plus de peur que de mal. — Mais vous n'avez point d'autres armes sur vous ? — Non. A ces mots, le capucin lui saute au collet... — Coquin ! nous sommes donc à armes égales ?.. Ce moine était grand, gros et vigoureux ; il terrasse le fripon, le roue de coup, le laisse pour mort sur la place, reprend ses trente-six livres et revient triomphant à son couvent.

~~~~~~~~~

Un filou renommé, prit la résolution de voler une des principales églises de la ville de Rouen. Après plusieurs assemblées tenues avec ses camarades à ce sujet, voici la manière dont il s'y prit pour parvenir à ce vol : il se travestit en habit noir, contrefit l'homme dévôt, déguisa ses camarades en domestiques et leur donna une livrée : après quoi il fut se loger aux environs de Saint-Godard ; il ne manqua pas, pendant plusieurs jours d'assister à la grand'messe avec beaucoup de piété. Les aumônes qu'il faisait aux pauvres qui venaient lui demander, ne lui servirent pas peu à établir sa réputation dans tout le quartier, et surtout dans cette église. Il fit en très-peu de temps la connaissance du sacristain, dont il s'attira entièrement la confiance. Le sacristain, édifié de sa bonne conduite en apparence, lui fit voir les ornemens de l'église : le filou lui fit entendre qu'il les

augmenterait par un présent avant que
de partir; cela est digne de votre générosité, répondit le sacristain , et en même
temps il le laissa dans la sacristie, tandis
qu'il allait porter des burettes où on allait
dire la messe. Le filou profita de ce
temps pour examiner les fermetures
des armoires qui renfermaient les
ornemens, celles des portes et des croi-
sées; il finissait son examen dans le temps
que le sacristain arriva, qui lui fit des
excuses d'avoir tant tardé. Le filou dans
ce moment tira de sa poche un louis
d'or, qu'il lui donna dans l'intention de
faire dire le lendemain une messe de
requiem pour ses parens défunts. Le sacristain reçut le louis, qu'il enregistra,
Le filou ne manqua pas de s'y rendre le
lendemain, et il donna à tous les assistans

des preuves d'une véritable piété, quoiqu'elle ne fût qu'apparente. Le lendemain, entre minuit et une heure, le
filou exécuta son projet, et trouva le
moyen d'entrer dans la sacristie par l'endroit qui lui parut le plus accessible ; il
fit attendre au pied de la fenêtre par
laquelle il entra, ses faux domestiques,
et après avoir forcé les armoires de
la sacristie avec une pince qu'il avait
apportée, il en prit tout ce qu'il y avait
de plus riche et le donna à ses camarades.
Le coup fait, il retourna chez lui, en fit
faire un ballot pendant le reste de la nuit,
et partit le lendemain avec sa clique
pour Paris. Sitôt qu'il y fut arrivé, il
projeta d'aller vendre le butin qu'il avait
apporté. Pour cet effet, il se déguisa en
curé, fit passer ses camarades pour des

marguilliers, et chargea un portefaix du ballot : il s'en fut ensuite trouver un marchand à qui il dit qu'il était curé d'une paroisse de Rouen, que les messieurs qui l'accompagnaient en étaient les marguilliers ; qu'ils venaient tous ensemble pour se défaire d'ornemens anciens qui n'étaient plus de mode. Le ballot à l'instant fut ouvert. Le marchand après avoir examiné ce qu'il contenait, leur en demanda le prix, et leur offrit le sien ; sa médiocrité révolta le prétendu curé, et l'obligea à se récrier sur l'injustice des marchands. Les marguilliers supposés qui ne souhaitaient rien tant que d'avoir de l'argent, le tirèrent à part et lui représentèrent qu'il ne devait pas hésiter d'accepter l'offre du marchand, et se retournant en même temps du côté du marchand, lui

firent entendre qu'ils ne se défaisaient de
ces ornemens que pour avoir un supplé-
ment d'argent pour en acheter de nouveaux ; ensuite parlant à l'oreille du prétendu curé, ils lui remontrèrent le danger qu'un trop long retard pourrait
causer. Cette réflexion détermina ce faux
pasteur à souscrire. Le marché fait, argent
compté, ils s'en allèrent, jugeant que leur
présence était nécessaire ailleurs.

Un gentilhomme, dont on escamota
la bourse au Palais, résolut d'attraper le
premier filou qui travaillerait dans sa
poche. Il s'y fit mettre un ressort dont
le jeu était si juste, que dès qu'on mettait la main dans cette poche il la serrait tellement qu'on ne pouvait plus la

dégager. Il retourna au Palais le lendemain. Dans le temps qu'il faisait une
emplette, il fut joint par un filou qui,
dans son opération, fut pris comme un
rat au trébuchet. Le gentilhomme s'en
étant aperçu, ne se retourna point vers
lui; mais il se mit à courir. Le filou était
obligé de le suivre malgré lui. Il le pro-
mena partout, et le donnait en spectacle
à tout le monde. On était fort surpris de
voir ces deux inséparables : on croyait
que c'était une gageure. Le filou disait
avec une extrême humilité : Monsieur,
ne me perdez pas; je ferai tout ce que
vous exigerez de moi; je me soumets à
tout. Le gentilhomme, après avoir fait
long-temps la sourde oreille, lui dit :
Fais-moi trouver ma bourse qui me fut
volée hier; je ne te relâcherai qu'à ce

prix. Le filou qui n'avait pas l'argent sur
lui, le mena auprès de ses camarades
pécunieux à qui il expliqua son infortune.
Pour délivrer le pauvre prisonnier, il fallut que l'argent volé se rendît : ce fut la
rançon du filou.

~~~~~~~~~

UN particulier arrive à Paris, se sent
indisposé, et envoie chercher un chirurgien qui lui annonce que c'est le commencement d'une maladie qui peut devenir grave. Notre homme reçoit la
nouvelle de fort mauvaise grâce, et pré-
tend que s'il est désagréable d'être malade, il l'est bien plus encore de l'être
dans un hôtel garni. On lui propose d'être
chez une garde ; ce parti ne lui convient
pas davantage. Le chirurgien finit par lui

offrir sa maison ; la proposition est acceptée. On convient du prix , et le malade se
rend le jour-même chez l'esculape. Au
bout d'un mois il se trouve assez bien ;
mais pour éviter la rechute, on le tient
à un régime un peu sévère. Un jour que
le chirurgien et son épouse étaient sortis,
notre convalescent passe au buffet, et y
fait un dégât sensible. Bien réconforté,
il se sent en état de déloger ; mais avant
de partir il s'approprie quelques couverts
d'argent qui sont dans un des tiroirs du
buffet. Le soir, le maître et la maîtresse
de la maison rentrent : point de pension-
naire. On craint que son imprudence
d'être sorti trop tôt n'ait des suites, qu'il
ne soit tombé en faiblesse ; mais l'inspec-
tion du buffet dissipe bientôt cette crainte, et apprend au chirurgien qu'il est la

dupe de celui à qui il a prodigué ses soins et son temps pour lui rendre la santé ; il se promet bien d'être une autre fois plus circonspect sur le choix de ses pensionnaires, lorsqu'il en prendra.

~~~~~~~~

M. de J***, agréable débauché, abîmé de dettes, et ne sachant de quel bois faire flèches, en attendant les bienfaits de deux oncles qu'il a, fermiersgénéraux, s'est imaginé de jouer la fourberie suivante.

M. de Ch***, un de ses oncles, a une campagne à Saint-Cloud, limitrophe de Surennes. Pendant la saison où son oncle n'y va point, M. de J*** s'étant concerté avec des libertins comme lui, chacun fait son rôle, les uns de domestiques, les autres, de médecins, de gardes-malades; un plus hardi, celui de malade même. Il avait fait venir des notaires de Paris, par l'entremise de son neveu. Ces messieurs arrivés, il dicta un testament par lequel il léguait 200,000 fr. à M. de J***: il déclara ne pouvoir signer. Le neveu régala magnifiquement les officiers de justice, suivant les ordres de son oncle; et l'on se sépara fort contens.

Quelques jours après M. de J***, pressé d'argent fut chez le premier notaire qui devait être dépositaire du testament, lui emprunter une somme à compte des 200,000 fr. dont il ne pouvait ignorer que son oncle qui allait de plus mal en plus mal, le faisait légataire. Le notaire, amorcé par le gros intérêt que le jeune homme lui offrit, lui prêta la somme. Au

)out de quelque temps, ne voyant point nourir l'oncle, il s'impatiente, et s'informe de la demeure de M. de Ch★★★. Il va le trouver, et lui témoigne sa satisfaction de le voir aussi bien revenu de a cruelle maladie qu'il a eue. Celui-ci ne sait ce que cela veut dire; lui déclare qu'il se porte à merveille depuis long-temps. Embarras de ces deux hommes qui ne s'entendent point. Le notaire proteste à M. de Ch★★★. qu'il a reçu son testament avec un de ses confrères; qu'il l'a chez lui, et il en détaille toutes les circonstances. Bref, l'on reconnaît la fourberie de M. de J★★★. Il est arrêté par une lettre de cachet, et conduit dans une maison de force pour économiser, en attendant qu'il puisse jouir de la succession de ses deux oncles.

DEUX filous, fort bien mis, s'arrêtent devant une grande maison où il y
avait un écriteau : ils demandent au por-
tier à voir l'appartement à louer. Le por-
tier les prie de monter au premier, un
coup de cloche les annonce. Ils trouvent
dans l'antichambre un domestique, à
qui ils s'adressent, et qui les introduit
dans un beau salon, où la dame du
logis était en compagnie. Les deux filous lui demandent mille excuses de la
troubler ; ils font semblant de vouloir
se retirer, en disant qu'ils reviendront
dans un autre moment. Leur air d'honnêteté prévient en leur faveur : la maîtresse du logis les engage à rester ; elle
les informe d'abord du prix, qui ne
les effraie pas, si le local convient à
leur désir ; il ne s'agit plus que d'en

voir la distribution. Ils insistent pour
qu'elle ne quitte point sa compagnie ;
alors la dame charge le domestique de
les conduire. Les deux filous regardent,
examinent jusqu'aux plus petits coins et
recoins : ils se récrient, devant le conducteur, sur la commodité et les déga-
gemens des chambres. Tandis que l'un
des filous questionnait le domestique
et l'occupait de quelques légers changemens à faire, le second, qui avait
remarqué à la cheminée de la chambre à
coucher, une superbe montre, s'en approche subtilement, et l'enlève avec tant
d'adresse et de promptitude, que le domestique n'a pas le temps de s'apercevoir qu'il s'était un instant écarté de lui.
Le coup était fait, les deux fripons désirant déloger au plus vite, parcourent

le reste en gros ; ils rentrent dans le
salon, et disent à la maîtresse que l'appartement leur convient. Pour éloigner
tous les soupçons, ils demandent une
plume et de l'encre, et donnent une
fausse adresse pour qu'on puisse prendre
des renseignemens convenables sur leur
sujet, et remettent six francs au domestique ; après quoi ils prennent congé
de la dame, ne voulant point, ajoutent-
ils, abuser plus long-temps de sa com-
plaisance. Au bout de quelque temps,
la dame retourne dans son appartement ;
ses regards se portent machinalement
vers la cheminée, elle n'aperçoit plus
sa montre, et croit se tromper ; elle
s'approche et ne la voit pas. Elle sonne,
le domestique arrive ; elle lui demande
s'il a touché à sa montre : sur sa réponse

négative, ses soupçons se tournent aussitôt
sur les deux étrangers ; elle lui remet leur
adresse et lui ordonne d'aller sur-le-
champ chez eux. Le valet va dans l'endroit indiqué sur le papier ; fausse dé-
marche ; son retour annonce à la dame
que les deux jeunes gens ne sont que
des fripons qui, sous le prétexte de
voir des appartemens, s'introduisent ainsi
pour faire des dupes. La dame en fut
pour une superbe montre enrichie de
diamans..

UNE compagnie de filous, pour mieux
en imposer, avait une voiture brillante,
et une maison élégante dans un quartier
isolé ; l'un était tantôt cocher, l'autre
valet ; ils se déguisaient ainsi à tour de

rôle, et portaient des livrées différentes
pour n'être point reconnus. Ils avaient
avec eux une femme qui, suivant les oc-
casions, jouait son personnage. Un jour
la voiture de ces messieurs, dont l'un,
comme nous venons de le dire, était habillé en cocher et l'autre en domestique,
s'arrête devant le magasin d'une lingère
renommée. Le domestique supposé descend de derrière la voiture, entre dans le
magasin, et d'un air assuré, présente à
la maîtresse lingère un billet conçu en
ces termes : « Désirant, Madame, faire
» emplette de belles dentelles, veuillez
» m'apporter ce que vous avez de mieux ;
» je vous envoie ma voiture, et vous
» prie de vous en servir, mes gens sont
» à vos ordres. » Cette dame qui était
accoutumée de porter des marchandises

de côté et d'autre, lorsqu'on lui en faisait la demande, est loin de prévoir que
c'est un piége qu'on lui tend : d'ailleurs,
la livrée et l'éclat de la voiture lui en
imposent, et lui font penser que c'est
une dame d'un rang distingué qui s'a-
dresse à elle. La lingère s'empresse donc
de choisir ce qu'elle a de plus beau, et
ayant pris plusieurs cartons de dentelles,
elle monte sans hésiter dans la voiture.
Elle prend si peu de méfiance que, pendant le trajet, elle ne fait aucune attention au chemin par où elle passe, pas
même à la rue dans laquelle est située
la maison où entre le carrosse. Le domestique ouvre la portière, lui présente
la main pour descendre, la prie de le
suivre, et l'introduit auprès d'une dame
d'environ quarante ans, qui commence

par lui faire bien des excuses de l'avoir
dérangée de chez elle : ensuite elle regarde les dentelles, en choisit plusieurs
qu'elle met de côté, après être convenues
du prix, dont elle dresse à mesure un
état de la qualité, quantité, et valeur
des sommes, afin de ne pas, dit-elle, sur-
passer le prix qu'elle veut mettre à cet
achat. Comme il ne s'agissait plus que
d'expulser honnêtement la marchande,
la dame s'écrie : Eh mais! je ne vois pas,
dans ce que vous avez apporté, de dentelles noires à petit point; je désire cependant en avoir. La lingère avoue qu'elle
a oublié d'en prendre, mais qu'elle va
réparer cet oubli, en retournant chez
elle et en revenant promptement. La
marchande, qui, par l'air d'opulence
qu'elle remarque en cette maison, tant

par les allées et venues, que par les simagrées respectueuses des personnages
qui entourent la dame, craint de faire
une insulte en reprenant les dentelles
mises de côté, qui, lui dit-on, lui seront
payées à son retour, croit ne devoir pas
y toucher. Cependant, pour se rendre
compte à elle-même, on l'engage à prendre note de ce qu'elle laisse : ce à quoi
elle acquiesce. Comme elle se dispose
à se retirer, la prudence exigeant qu'elle
ne remarquât ni la maison, ni la rue,
la dame l'arrête et lui dit qu'elle ne souf-
frira pas qu'elle s'en aille à pied ; que
sa voiture et ses gens sont à ses ordres.
Elle ordonne aussitôt au domestique supposé qui l'avait amenée, et qui, dans
ce dessein, allait et venait pour en recevoir l'ordre, de dire au cocher de

2   10

conduire la marchande chez elle , pour la
ramener ensuite à l'hôtel, avec injonc-
tion à lui-même d'accompagner la voiture. La maîtresse lingère, craignant de
paraître ridicule , n'ose refuser : elle
descend avec le domestique, qui ouvre
la portière, l'aide à monter dans la voiture, et prend sa place derrière. Le carrosse part. Pendant le chemin, la marchande, occupée de la vente considérable
qu'elle fait, n'examine point les endroits
par où elle passa. Il était important cependant que la voiture ne s'arrêtât pas
devant la porte de la lingère, tout était
prévu à cet égard. Lorsque le cocher
se voit à deux cents pas de la maison
de la marchande ; il arrête tout court,
descend précipitamment de son siège ,
comme si quelqu'accident était arrivé,

détache malicieusement un des traits, et montre beaucoup d'embarras. Le domestique supposé descend aussi de derrière la voiture; examine et singe le cocher : après quelques simagrées, il ouvre la portière, et informe la lingère qu'un des traits de la voiture venant de se casser, il est impossible d'aller plus loin, que c'est l'affaire d'un quart - d'heure pour y remédier ; que, comme il n'y a qu'un pas pour arriver chez elle, si elle ne veut pas attendre, il l'accompagnera, et que le cocher viendra les rejoindre sitôt qu'il aura ajusté le trait. La marchande qui ne se méfie de rien, et qui se voit dans sa rue, adopte cet avis : elle descend de voiture, le domestique l'accompagne. Le cocher la suit de loin de l'œil : il ne la voit pas plus tôt entrée, qu'il grimpe sur son siége, et gagne de vitesse. Le domestique supposé reste quelques instans dans le magasin, cependant il va et vient comme pour examiner si le carrosse arrive : enfin il s'éclipse. Au bout d'une demiheure, la marchande ne voyant plus paraître le domestique, envoie une de ses filles de boutique à l'endroit où elle a laissé la voiture, pour informer les gens de la dame qu'elle est disposée à partir. La fille ne trouve ni carrosse, ni domestique : elle revient en prévenir sa maîtresse, qui, s'imaginant qu'elle ne s'est pas bien acquittée de sa commission, va avec elle dans l'endroit. N'y trouvant point ce qu'elle cherche, et ne pouvant avoir des voisins aucuns renseignemens, elle est alors convaincue de la

perte qu'elle vient d'essuyer. N'ayant
fait aucune attention à la route qu'elle
a prise, ni à la rue, ni à la maison
dans laquelle on l'a menée, elle ne peut
donner aucun indice pour découvrir les
fripons.

~~~~~~~~~

Un de ces voleurs agréables si nombreux dans la ville de Londres et que l'on
voit pendre avec quelques regrets, ayant
rencontré une femme assez bien vêtue,
qui, à la faveur des ténèbres, gagnait ti-
midement la boutique d'un prêteur sur
gages, l'arrête et lui fait le compliment
connu : j'ai une bourse, dit la pauvre
créature, mais il n'y a plus rien dedans ;
j'allais précisément pour la garnir un peu
mettre ma montre en gage. Là-dessus elle

tire une montre d'or de sa poche. — Oh
mon doux cœur! qu'alliez-vous faire chez
ces fripons? ils vous prêteraient trois guinées, votre montre en vaut dix, et je la
prends pour cinq. Là-dessus il compte
l'argent et s'éloigne.

~~~~~~~~

MONSIEUR DE LA ROCHE, gentilhomme ordinaire du roi Louis XVI, et jouet
habituel de la Cour, à cause de sa grande
loquacité, de sa naïveté et de la familiarité
originale qu'il affectait même auprès du
souverain, essuya une aventure piquante,
et qui ne fit qu'apprêter davantage à rire
à ses dépens. Allant de Paris à Versailles
pour son service, il se trouve dans une voiture publique à deux places à côté d'un
homme bien mis, qui, en chemin lui

propose du tabac : « Je n'en prends jamais
» répondit-il ; j'ai cependant une assez belle
» boîte, comme vous le voyez ; c'est un
» présent du feu roi. » En disant cela, il
montre une superbe tabatière, où était le
portrait de Louis XV entouré de diamans.
Le compagnon de voyage prend la boîte,
l'admire, et la rend au propriétaire, qui
la remet dans sa poche. Arrivé au château, il descend de voiture (son compagnon l'avait quitté à l'entrée de l'avenue).
Il croit sentir que sa poche est légère ; il
y fouille, et n'y trouve qu'un mauvais
morceau de papier, sur lequel était écrit
ces mots au crayon : *Quand on ne prend*
point de tabac, on n'a pas besoin de
tabatière.

Un milord anglais s'étant aperçu qu'on avait détruit une quantité considérable de gibier sur ses terres, se servit, pour y porter remède, de la ruse suivante que l'on peut bien qualifier de friponnerie. Il envoya chercher un fameux braconnier du voisinage, et lui permit secrètement de tuer tous les licons qu'il trouverait sur sa terre, dans une espace de temps qu'il lui fixa. Cet homme en tua à-peu-près cent cinquante, qu'il alla vendre dans tous les environs, à ses anciens chalands, à un prix très-modique, ayant soin de faire une liste exacte des noms de tous les acheteurs. Quelques jours après, cet honnête braconnier les alla tous dénoncer à un juge de paix du voisinage. Les amendes (*l'amende est de cinq guinées par pièce de gibier*) décernées dans cette occasion contre les infracteurs, montèrent à la somme de 750 livres sterlings, que le délateur partagea avec le rusé milord.

~~~~~~

Un médecin très-accrédité dans une grande ville de province, étant venu à Paris pour retirer différentes sommes qui lui étaient dues, se logea dans un hôtel garni, sans autres domestiques que ceux de l'auberge. Bientôt il s'aperçut que journellement il lui manquait quelques pièces d'or sur l'argent qu'il fermait dans son secrétaire. Il en porta ses plaintes à l'hôte, dont il connaissait la probité. Celui-ci ne balança pas à lui dire qu'il répondait de tout ce qui appartenait aux personnes logées chez lui, et le pria de compter son argent en sa présence avant

de sortir, pour savoir s'il lui en manquait
à son retour. En effet, le soir en vérifiant
les sommes, il fut démontré qu'il manquait encore deux ou trois louis. L'hôte
annonça alors qu'il connaissait parfaitement l'auteur du vol. C'était une servante
de la maison, qui chargée habituellement
de ranger cette chambre, en avait eu
seule la clef dans la journée. On fit entrer
cette créature, qui fut bientôt convaincue.
Elle avoua qu'à l'instigation de son amant
qui lui avait procuré de fausses clefs, elle
avait volé peu-à-peu trente louis. Il lui en
restait environ quinze qu'elle rendit,
donna ses hardes en gage à son maître
pour le surplus, que celui-ci se chargea de
restituer, et fut chassée honteusement.

Cependant, cette aventure n'ayant pu
être secrète dans la maison, le ministère

public en fut informé, et l'on fit arrêter la fille. Le médecin fut assigné pour
être ouï, et sa déposition devait ou inno-
center le coupable, ou le conduire au
supplice selon la rigueur des lois. Touché
de compassion pour cette misérable servante, n'ayant d'ailleurs rien perdu, puisque tout lui avait été restitué, il n'hésita
pas à affirmer qu'il n'avait point à se plai-
dre de cette fille, qu'il la connaissait pour
honnête, et se félicita d'avoir pu lui sau-
ver la vie. Elle fut en effet mise en liberté,
déchargée d'accusation, faute de preuves,
et alla retrouver son amant qui ne vit
dans la bonté du docteur, qu'une belle
occasion d'exercer ses talens. Comme il
avait été clerc d'huissier et qu'il connaissait les lois, il conseilla à cette artificieuse
créature d'intenter à l'hôte et au médecin

un procès criminel pour cause de diffa-
mation et en demande de restitution des
quinze louis qu'on lui avait fait donner,
ainsi que de ses effets qu'on avait retenus.
Ne pouvant plus rétracter leur déclaration
ils furent fort heureux l'un et l'autre de
s'en tirer, en donnant des dédommage-
mens considérables, et eussent même en-
couru de grands désagrémens, si les juges
qui ne purent se dissimuler la manœuvre
odieuse qui avait suscité ce dernier procès, n'eussent adouci la rigueur de la loi.

~~~~~~~~

Un voleur vêtu en quaker, ayant
accosté un ministre, lui dit en l'abordant :
« Comment te portes-tu l'ami ? auras-tu
la bonté de me dire le chemin qu'il faut
prendre pour aller à *Lancaster?* »

Le ministre lui ayant indiqué la route qu'il devait tenir, le voleur ajouta : « comme tu me parais un bon-homme, tu ne me refuseras pas un peu d'argent pour faire ma route. » L'ecclésiastique ne supposant pas de mauvais dessein au prétendu quaker, lui observa que le cheval qu'il montait et son accoutrement n'annonçaient pas un homme nécessiteux; mais que dans tous les cas, il n'était pas assez riche pour faire des présens. « Je suis fâché, lui réplique le voleur, avec le plus grand sang-froid de voir qu'un homme de ton état, n'ait pas plus de charité : cependant, voici un petit instrument, ajouta-t-il, en tirant un pistolet de la poche de son habit, qui te donnera cette vertu nécessaire à un homme d'église, ou qui te punira d'en manquer. » A ces mots qu'il prononça d'un ton ferme et décidé, il descendit de cheval, et tenant le pistolet sous la gorge du bon ministre, il lui prit vingt écus qu'il avait dans ses poches. Après l'avoir dépouillé, il lui dit : « Sois charitable, et laisse émouvoir tes entrailles par les besoins du pauvre. » Après quoi ce sermoneur persuasif remonta à cheval, piqua des deux, et s'éloigna à toute bride.

DANS une paroisse de village, à une lieue de Ville-franche en Beaujolais, un soir que le pasteur de cet endroit, pour prendre le frais, s'était fait dresser le couvert sous une treille de son jardin, son domestique vint lui annoncer l'arrivée d'une étrangère qui se disait sa parente, et

demandait à lui parler. Qu'elle entre,
dit-il; et aussitôt paraît une femme assez
bien mise et d'environ cinquante ans,
laquelle l'abordant d'un air ouvert, lui
dit : Mon cher cousin, permettez que
j'aie l'honneur de vous tirer ma révérence, et de vous rappeler le souvenir
d'une personne qui vous a été de quelque
utilité dans votre jeunesse. Je suis sûre
tout-à-l'heure que vous aurez quelque peine
à me reconnaître. Quoi ! votre blanchis-
seuse de rabats, celle qui prenait soin de
votre linge lorsque vous étiez au sémi-
naire ? En vérité, les années causent de
grands changemens sur un visage! D'après
ce début, le curé rêve, approche ses
idées, et croit en effet reconnaître dans
la personne qui lui parle quelques traits
d'une parente dont il avait employé le

ministère dans le temps de ses études.
L'aventurière revint à la charge en lui
citant vingt anecdotes; déclinant tous les
noms de la famille, et faisant passer en
revue tant de circonstances, qu'enfin notre
homme se lève, la salue et lui fait cent
excuses de la méprise.

On sert à souper; la prétendue parente
est mise à la place d'honneur, et répond
adroitement à toutes les interrogations. En
vérité, ma cousine, dit le pasteur, il ne
fallait rien moins que le détail dans lequel
vous entrez pour me convaincre qu'en
effet vous êtes cette personne de confiance
à laquelle autrefois j'ai eu si souvent re-
cours. Le temps et l'âge causent de pro-
digieux changemens dans une personne, et
sans avoir dessein de vous fâcher, je vous
avouerai franchement que je n'ai retrouvé

chez vous aucun de ces traits qui m'étaient
si familiers. Mais enfin cela ne vous doit
pas causer de peine, et pour en revenir
à ce qui vous concerne plus particulière-
ment, dites-moi, je vous prie, quelle affaire
vous amène dans nos cantons? Sur cela,
la trompeuse, avec quelques minauderies
et quelques adroites grimaces : Il y a vingt
ans, lui dit-elle, que je me suis fixée à
Château-Chinon, où j'ai acquis un petit
domicile, tout vis-à-vis de celui de votre
oncle ; comme nous ne sommes qu'à huit
lieues de Corbigny, où demeure votre
cher père, je fus, il y a quinze jours,
lui faire visite, et lui demander ses com-
missions pour vous. Une petite succession
que je m'attendais à recueillir à deux lieues
d'ici, et qui demandera encore bien des
démarches, m'avait déterminée à faire ce

voyage. A cette nouvelle, le bon vieillard se mit à pleurer. Vous lui direz, ma-t-il répondu, que notre procès pour le retrait en question est sur le point d'être jugé, mais que le procureur demande encore cinquante écus pour l'acquit de différens objets qu'il est essentiel de vider avant la sentence définitive; qu'étant, après tant de déboursemens, dans l'impossibilité de former tout-à-coup cette somme, je le prie d'avoir encore égard à mon embarras, et s'il le trouve bon, de vous en remettre en main le montant. Ah! le maudit procès, s'écrie le pasteur, il nous ruinera! Croiriez-vous, ma cousine, que voilà déjà quinze-cents francs que j'avance à la famille pour le faire finir. Mais qu'à cela ne tienne encore, et puisqu'il est question de consommer l'œuvre, il faudra bien se

résoudre à tout faire pour tirer mon pauvre
père de ce mauvais pas. Dès demain je
prends une lettre de change sur Ville-
Franche, que je lui fais passer, car je
n'oserais vous charger de cet embarras.
Vous n'y pensez pas, répond la cousine;
si vous vous en rapportez à moi, confiez-
moi cette somme; cela se fera sans frais,
et je vous donne ma parole qu'elle sera
remise exactement à sa destination. Mais
cela va vous charger... Hé bien convertis-
sez vos espèces en or, cela tient peu de
place... Mais les rencontres... Encore une
fois point d'alarmes; en me faisant conduire jusqu'à l'extrémité du bois par votre
domestique, il n'est, quant au reste du
chemin, pas plus de risque à courir qu'au
milieu de ce jardin. Enfin, le curé se
rend à toutes ses raisons, et dès le

lendemain, fait seller son cheval, donne les
cinquante écus à sa parente, lui confie
quelques pièces d'écritures pour son père,
la charge de mille complimens pour sa
famille, et la remet entre les mains de
Jean son valet, sans avoir la moindre
défiance du tour qu'on allait lui jouer.
Cette artificieuse friponne s'était déjà
signalée par plusieurs traits de la même
espèce. Elle s'informait adroitement des
noms et qualités de tous ceux à qui elle
voulait en imposer. Elle pénétrait dans le
secret des familles, et en raisonnait aussi
savamment que si on l'en avait fait la dépositaire. Elle s'introduisait dans les maisons sous prétexte d'y rendre quelques
bons offices; en un mot, elle avait le talent
d'imaginer des ressemblances, de contrefaire le ton, les gestes de la personne

dont elle prenait la place, et d'ourdire
une narration avec toutes les couleurs de
la franchise et de la vérité. Pendant que
notre pasteur se consolait de cette dernière
saignée faite à ses espèces, Jean, le crédule Jean, la bride à la main, traversait
la forêt avec la cousine, et s'acheminait
paisiblement vers un gros bourg qui n'en
était distant que d'une lieue et demie.
Arrivés l'un et l'autre à l'auberge, le cheval fut mis à l'écurie, et l'aventurière fit
asseoir son conducteur à la même table
pour le dîner. Le nigaud voulut d'abord
s'en défendre, mais elle le prit par les épau-
les, le renversa sur sa chaise, ajoutant
qu'en voyage on ne faisait aucune distinc-
tion, et que tout le monde était égal.
En vérité, Jean, mon ami, lui dit-elle,
j'admire l'épargne de mon riche cousin ;

mais comment un homme vêtu et coiffé
si chaudement, peut-il souffrir un habit
si malpropre et une tête chauve comme
la tienne? Vraiment, cela lui fait honte,
et ne dut-il disposer en ta faveur que de
ses vieilles perruques, au moins ne serais-
tu pas exposé à montrer tes grandes oreilles et à t'enrhumer. Tout notre village le
dit comme vous, Madame, répond Jean,
mais quoique monsieur soit un très-honnête homme, il ne lui prend guère fantai-
sie de nous faire des présens; et je puis dire
que depuis quinze ans que nous le servons,
Thérèse et moi, nous n'avons pas reçu pour
cinq sous d'étrennes, nos gages payés.

Eh bien! reprend la cousine, j'entends
lui en faire aujourd'hui l'affront, et te
coiffer à mes dépens. Elle appelle aussitôt
la cabaretière, et lui demande si dans le

bourg on ne trouverait pas un frater qui,
dans sa boutique, aurait quelques perruques r'habillées. Oui-dà reprend cette
femme, et sur-le-champ elle l'envoie chercher. Il vient avec une boîte sous le bras,
fait essai de sa marchandise sur le chef de
Jean, et trouvant à-peu-près son affaire
il se met à le tondre, à lui faire la barbe,
et à le décrasser de telle sorte, que Jean
n'était plus Jean. Ce fut encore tout autre
chose, quand, après avoir fait venir un
marchand fripier, le valet se trouva revêtu
d'un bel et bon surtout de gros drap, qui
n'avait pas été porté six semaines; cela fait,
on convint des prix, et le perruquier et
le fripier ont ordre de venir vers trois
heures chercher leur argent. Jean, qui se
trouve un tout autre homme, s'épuise en
remercîmens, et ne sait où placer ses

mains. Le dîner s'achève, et il ne reste à
la cousine que de s'informer où demeurait
certain procureur à qui elle était chargée
de remettre quelques papiers de la part de
son parent le curé. Vous avez, dit l'hôtesse,
près d'un quart de lieue de très-mauvais
chemin ; mais, ajouta-t-elle ingénument,
vous avez un bon cheval, et quand on
a des meubles, c'est pour s'en servir.
C'est à quoi je pensais, répondit la rusée ;
Jean m'attendra dans la cuisine, et je serai
de retour avant que deux heures sonnent.
A ces mots, elle part, et court encore.
Au lieu des deux heures, il fallut attendre
jusqu'à quatre, et point de cousine. La
cabaretière fait partir un de ses enfans ;
mais le procureur n'a vu personne : on y
retourne à cinq, et même réponse. A la
fin viennent les soupçons, et les soupçons

se changent en réalité. L'aventurière est traitée de coquine, et le valet accusé de s'entendre avec elle. Celui-ci fait serment qu'il n'a aucune part à tout cela, qu'il en est la victime, et que son maître y perd cinquante écus et un cheval de prix. Dans l'entrefaite arrivent le frater et le fripier, lesquels, prévenus de la tromperie, se jettent sur Jean, le décoiffent, le dépouillent et lui disent toutes les injures possibles ; l'hôtesse ne s'en tint pas aux paroles, car voyant qu'elle n'avait pas à prétendre un sou de son dîner, elle fait accabler le pauvre homme de gourmades par ses enfans. Jean bien battu, bien tondu, le ventre plein, la larme à l'œil, reprend son fouet, ses guenilles et son mauvais bonnet rouge et gagne, en se lamentant, le chemin de son village, où il n'arriva pas avant neuf

heures. Le pasteur était alors au dessert :
Bon soir, Monsieur, lui dit le pauvre
garçon, d'une voix plaintive. Bon soir,
mon ami, répond le curé qui ne le remet-
tait pas. Quoi! poursuit le valet, en poussant un grand soupir, vous ne reconnaissez
pas Jean? A ce nom le maître ouvre deux
grands yeux, et tout stupéfait : Eh! qui
diantre, dit-il, a donc pu t'équiper de la
sorte? Vraiment c'est votre vilaine cousine : mais après tout, je n'y suis que pour
mes cheveux, au lieu que vous y perdez
votre argent et le pauvre Pierrot; et tout
de suite il se met à lui circonstancier cette
déplorable histoire. Dès le lendemain, la
paroisse en fut instruite; on plaignit le
curé, mais on ne put s'empêcher de rire
de l'aventure du valet.

Deux étrangers nouvellement arrivés à Paris, parcouraient dès le plus grand matin plusieurs quartiers de la capitale; ils s'amusaient à considérer les portails de plusieurs églises, et voulaient poursuivre leurs observations, quand, passant par une rue assez étroite, ils aperçurent un jeune garçon qui venait à eux, et qui les aborda, la douleur peinte sur le visage; il était sans chapeau, sans bas et sans habit : Messieurs, leur dit-il avec tristesse, je vois à votre air que vous êtes étrangers; prenez compassion d'un malheureux que l'on vient de dépouiller, et à qui l'on a volé tout son argent. L'air de franchise avec lequel il réclamait leur assistance les toucha; ils le firent entrer chez un fripier qui ne faisait que d'ouvrir, lui firent donner des vêtemens de hasard, qu'ils

payèrent sur-le-champ. Ils le laissèrent un
peu remettre de sa peur ; après quoi voici
ce qu'il leur dit : Il n'y a pas vingt-quatre
heures que je suis dans cette ville, où j'ai
un frère à l'école de Saint-Côme ; comme je me disposais à embrasser le même
état, et que mes parens, qui sont de
Noyers en Bourgogne, m'avait donné à
cet effet deux cents livres, j'eus l'imprudence de le dire dans un cabaret qui est
à deux lieues d'ici. On me fit souper avec
un inconnu, sur lequel je ne formai aucun
soupçon. Cet homme me parut si poli et
si honnête, que je n'hésitai pas à lier conversation avec lui ; il m'interrogea sur ma
famille, sur mon état, sur l'objet de mon
voyage ; mais à peine eus-je prononcé mon
nom, qu'il se jeta à mon cou, en disant :
Eh ! oui, oui, vos traits ne m'étaient point

étrangers : vous parlez d'un frère qui est à Saint-Côme ; ah ! le malhonnête : depuis qu'il est à Paris, nous lui avons fait les plus grandes instances pour venir nous voir. Ma mère et ma sœur qui le rencontrèrent un jour, lui offrirent la maison, et le prièrent d'en user avec d'autant plus de liberté, que nous sommes alliés à votre famille par les femmes ; soit timidité, soit froideur, nous ne nous sommes pas aperçus jusqu'à présent qu'il ait eu la volonté de répondre à notre invitation. Sans doute que vous ne serez pas si sauvage, et que dès demain j'aurai la satisfaction de vous présenter à ma famille. Un provincial qui n'est jamais sorti du coin de son feu, manque toujours d'expérience ; voilà pourquoi j'eus la simplicité de lui accorder sa demande. Avant de sortir de l'auberge

je voulus payer l'écot, mais mon homme
parut se formaliser, et satisfit l'hôte avant
que j'eusse le temps de mettre la main à la
bourse : nous arrivâmes en cette ville au
point du jour, et nous ne fûmes pas long-
temps à gagner le logis de mon camarade,
où en effet on me fit l'accueil le plus distingué. Quelques mots à l'oreille de la
mère et de la sœur, et que je n'entendis
pas, furent suffisans pour produire cet
effet. Comment donc, disait la première
ce jour est heureux pour nous, puisqu'il
nous procure l'avantage de posséder un
rejeton de la famille que nous estimons
le plus. Votre cher frère ne nous a pas
encore fait cet honneur; la bonne société
l'effarouche; mais cela viendra, et dès demain j'enverrai lui annoncer votre arrivée:
au reste, vous agirez ici comme chez vous-

même, et que cela soit dit une fois pour toutes; je fus vingt fois tenté de lui demander son nom, et à quel degré d'alliance nos familles pouvaient se toucher; mais son gazouillement et celui de sa fille me fermaient aussitôt la bouche. Elles me firent asseoir dans un vaste fauteuil; la table fut mise, et on nous servit un dîner fort propre; je mangeai de bon appétit, et bus de même; le café et quelques verres de liqueurs nous conduisirent assez avant dans l'après-midi. Alors on proposa une partie, que j'acceptai, et où même je fus heureux.

Vers les dix heures on se mit à table, et s'il ne m'avait pas été possible pendant le jour de tirer quelques éclaircissemens au sujet des noms et qualités de mes hôtes; ce fut encore pis le soir, où les deux

femmes se prirent à caqueter, et à me
rompre en visière par une infinité de propos, qui bridaient absolument ma curiosité. Défiez-vous du peuple de Paris, me
disaient-elles; pour un ami sincère, vous
trouverez ici cent coquins; et franc et
ingénu comme vous êtes, vous ne serez
pas huit jours avant d'être dupé, et peut-
être quelque chose de pis. Si vous avez
de l'argent, gardez-vous de le porter sur
vous; il n'est pas de jour où l'on n'en-
tende parler de vols et de filouteries. Voilà
une armoire, et en voilà les clefs; ren-
fermez-y tout ce que vous avez de plus
précieux, et à mesure que vous aurez
besoin, il vous sera libre de l'ouvrir, et
d'en tirer ce qu'il vous plaira; je vous en
abandonne l'usage pour tout le temps que
vous resterez ici. Elles ajoutèrent à ces

offres tant d'autres preuves de considération, que je ne balançai pas à prendre les
clefs, à ouvrir l'armoire, à y déposer,
non seulement ma bourse, mais encore
ma montre, ma tabatière, un étui d'argent et un brillant de cent écus, qui
était un présent dont ma marraine avait
bien voulu me gratifier en partant de
Noyers. Après avoir mis en lieu de sûreté
tout ce que j'avais de plus précieux, je
voulus leur remettre les clefs; mais elles
me contraignirent de les garder. Comme
j'entendis sonner minuit, je leur témoi-
gnai que j'étais bien aise de prendre du
repos. A l'instant, mon prétendu cousin
s'empara d'un flambeau, m'ouvrit un cabinet fort propre, où il y avait un lit
d'indienne, dans lequel il m'assura que je
serais très-bien couché. Cela fait, il me

donna le bon soir de l'air le plus affec-
tueux, et tira la porte pour s'aller coucher
lui-même. Mais jugez de mon malheur :
à peine commençais-je à fermer les yeux,
que tout à coup je me sentis attaqué de
tranchées très-violentes qui me contraignirent à quitter le lit. Au bruit que je fis,
le parent accourut, muni d'une bougie :
Qu'y a-t-il de nouveau, me dit-il, avez-
vous besoin de quelque chose ? Quand
j'aurais voulu dissimuler, la douleur qui
me tourmentait ne me l'eût pas permis,
et je lui avouai franchement mon embarras. Vous êtes un pauvre homme, me
répondit-il, que ne parlez-vous ? Venez,
suivez-moi. Alors me précédant avec la lumière il me fit descendre un petit escalier
que je n'avais pas encore remarqué, et
après avoir traversé une cour et un long

vestibule, il ouvrit une porte et me laissa passer. Tenez-vous à la muraille, et vous n'aurez pas fait quatre pas sur la gauche, que vous trouverez le siège : en attendant je vais me tenir ici avec ma bougie. Je me mis incontinent à chercher, à tâtonner, sans pouvoir me reconnaître, et ce fut dans cet intervalle que mon conducteur ferma la porte en poussant un grand éclat de rire, et me laissa dans les ténèbres; elles étaient si épaisses, qu'il ne me fut pas possible de retrouver mon chemin. Au lieu d'une porte, j'en rencontrai dix: plus j'étais attentif à me débrouiller, et plus je tombais dans des méprises; et comme ma situation devenait très-embarrassante, que le cri de joie de mon cousin supposé commençait à me faire naître des soupçons, je me disposais à appeler de toutes mes forces; mais tout à coup j'entendis une troupe de gens à cheval qui étaient sur mes talons, et se mirent à crier : *Qui va là?* La peur me donna des jambes, et je m'éloignai à toute force tant qu'elles purent me porter. Puis, m'étant heurté à une espèce de borne, je tombai de mon haut, et fus renversé sur un banc, où j'ai attendu le jour dans des transes et des inquiétudes qu'il ne m'est pas possible de vous exprimer. Enfin j'eus le bonheur de vous rencontrer, bonheur auquel ne devait pas s'attendre un malheureux dépouillé comme moi de la tête aux pieds.

A ces mots, le pauvre jeune homme se mit à déplorer son sort d'une façon si touchante, que les deux étrangers en furent attendris, et outre ce qu'il leur en avait coûté pour le vêtir, ils lui firent

encore présent de six louis, qu'il accepta
en leur souhaitant toutes sortes de béné-
dictions. Les étrangers voulaient dans le
moment trouver une personne assez au
fait des quartiers de Paris, pour se mettre
en quête des fripons, et les déférer à la justice; mais le marchand chez qui ils étaient
leur dit : Vos recherches seraient bien
superflues; ne voyez-vous pas que ce pauvre enfant est en marche depuis trois
heures; vous ne faites que d'arriver de
la province, et vous pensez qu'il vous
serait facile de découvrir les auteurs d'un
pareil vol, tandis que moi, qui demeure
depuis vingt ans dans cette ville, je n'en
connais pas encore la moitié des rues ;
bornez-vous à la bonne œuvre que vous
venez de faire, et si vos occupations vous
le permettent, poussez votre générosité

jusqu'à remettre vous-même ce garçon entre les mains de son frère qui comme il nous l'a dit, est à l'école de Saint-Côme; je m'offre de vous y accompagner. Ils acceptèrent la proposition du marchand, et partirent. Arrivés à cette école, ils trouvèrent en effet le frère qui, après avoir appris l'événement malheureux arrivé à son frère, s'efforça de témoigner, du mieux qu'il lui fut possible, sa reconnaissance aux étrangers.

~~~~~~~~~

TROIS filous ayant remarqué parmi une grande foule de peuple qui était à la Croix du Trahoir pour voir exécuter un gentilhomme condamné à avoir la tête tranchée, un paysan du village de Colombes, monté sur un fort bel âne, qui

Aussitôt que le coup fut donné, les deux filoux laisserent tomber le paysan.

regardait avec une grande attention tout
le mystère de la justice, ils entreprirent
d'avoir l'âne du pauvre homme. Pour
parvenir à leur dessein, ils se coulèrent
tous trois parmi la foule, et étant par-
venus jusqu'auprès du paysan, l'un d'eux,
appuyé sur le cou de l'âne, lui cachait la
tête de son manteau, pendant qu'un autre
feignant de s'accoter doucement sur la
croupe, le désangla subtilement; puis,
prenant avec son troisième compagnon,
les deux côtés du bât de l'âne, ils levèrent
doucement le villageois en l'air, sans qu'il
s'en aperçût en aucune façon que ce fût,
tant il avait l'esprit occupé à entendre
chanter le *salve*, et à considérer le pauvre
gentilhomme. Pendant une petite émo-
tion qui arriva au sujet de quelques cou-
peurs de bourses, qui pouvaient être de la

bande des filous, et justement lorsque le
bourreau tirait son sabre pour donner le
coup, le filou qui cachait la tête de l'âne,
le tirant par la bride, pendant que l'un
des autres le piquait aux fesses avec une
épingle, il tira la bête d'entre les jambes
du paysan qui avait les yeux sur l'échafaud,
et lui ayant fait faire quatre pas, l'emmena
pendant que les deux autres soutenaient
toujours le bon-homme sur son bât. Aussitôt que le coup fut donné, les deux filous
laissèrent tomber le paysan : ce pauvre
homme se voyant culbuté à terre, et son
âne hors d'entre ses jambes, demeura tellement éperdu, qu'il ne savait s'il était
mort ou vif, puis ayant repris un peu ses
sens, il demanda à ceux qui étaient autour
de lui, s'ils n'avaient point vu sa bourrique;
mais il n'en put apprendre autre chose

sinon qu'un homme vêtu de noir l'avait
emmenée; le paysan fut contraint de s'en
retourner à pied dans son village, gran-
dement étonné d'une aventure aussi
étrange, et dont il ne put jamais rendre
raison à sa femme, ni à son curé.

~~~~~~~~

Un ecclésiastique retournant chez lui
vers la brune, fut arrêté par une bande
de filous qui le sommèrent de leur ac-
-cuser au plus juste la quantité d'argent
qu'il portait. L'abbé leur répondit qu'il
ne possédait en tout qu'une pistole. L'air
effarouché avec lequel il prononçait ces
derniers mots, donna quelque soupçon
au chef de la troupe qui lui dit : Monsieur
nous ne doutons nullement de la fidélité
de votre rapport; néanmoins comme le

devoir de notre profession est tel, que
nous ne pouvons y souscrire sans nous
en assurer par la voie de fait, vous nous
permettrez, je vous prie, de faire sur vous
les visites ordonnées par les statuts du
corps. Après quoi, tous se mirent en devoir de le fouiller; mais au lieu d'une pistole, ils lui trouvèrent dix louis qu'il
venait tout fraîchement de gagner au pharaon. Comment! Monsieur l'abbé, lui dit
alors le chef, tout surpris, ou feignant de
l'être, serait-il possible qu'un homme
de votre état ait pu se résoudre à trahir
la vérité pour satisfaire son avarice? vous
ne pensez pas, sans doute, qu'un men-
songe, odieux dans la bouche d'un simple particulier, devient un grand crime
dans un homme d'église, et que par-là
vous vous exposez à déshonorer votre

caractère. Si, comme vous le devinez, et comme nous nous y attendions, vous nous eussiez fait, l'aveu sincère de la somme dont vous étiez porteur, notre intention n'était que de partager avec vous, comme cela se doit; mais comme vous vous êtes avili à nos yeux par cette supercherie, nous déclarons, dès ce moment, tout votre équipage de bonne prise. Là-dessus l'orateur fit un coup d'œil à sa compagnie qui, en deux minutes, mit l'abbé en état d'aller prendre un bain.

~~~~~~~~~

Une femme prise pour un vol domestique, et qui, à ce que l'on assurait, avait à son service un grand nombre de voleurs petits et grands, répondit au magistrat qui lui donnait à entendre qu'elle pouvait éviter la peine due à son crime, en faisant connaître ses complices : — Non , Monsieur , je n'en ferai rien ; je suis résolue à ne trahir ni mes secrets, ni ceux d'autrui.

~~~~~~~~~

Justin Sciol, natif d'un petit bourg en Normandie, était fils d'un bourgeois fort peu riche, qui cependant sacrifia une partie de sa fortune à le faire étudier dans les meilleurs colléges, le destinant au service de l'église. Les dispositions du jeune homme et son application favo-risèrent encore la bonne éducation qu'il lui donna. Mais il eut le malheur de perdre de bonne heure son digne père, et dès lors, attiré par l'attrait du plaisir, il quitta le costume ecclésiastique, se livra à l'effervescence de ses passions, et eut bientôt consommé les modiques ressources de la succession paternelle. Il était réduit à la plus grande détresse, lorsqu'il rencontra un maître d'école, son ancien camarade de collège, à qui il confia sa situation, et qui, connaissant ses talens, lui proposa la table, le logement, et de modiques appointemens pour venir partager ses fonctions dans le village de Malesherbes, où il avait établi sa pension. La crise dans laquelle il se trouvait ne lui permettait pas de refuser une telle offre, et il remplit avec zèle ses devoirs dans cette nouvelle place. Trois ans après, le premier instituteur étant mort, Sciol se constitua de lui-même maître d'école et du pensionnat, à la grande satisfaction des habitans, dont il était aimé. Mais une

vie aussi sédentaire ne convenait pas à la
vivacité de ses goûts, long-temps com-
primés par la sagesse de son prédéces-
seur, et il eut bientôt l'occasion de les
satisfaire : un riche négociant qui avait
des affaires importantes à Marseille, lui
proposa des avantages assez considérables
s'il voulait l'y accompagner, et se charger de la tenue et du règlement de ses
comptes ; ce qui fut accepté avec reconnaissance : il traita avantageusement du
fonds de sa pension, dans laquelle il
avait resté huit ans, partit, et s'acquitta
avec autant d'intelligence que d'exacti-
tude, de l'emploi qui lui fut confié. Les
affaires du négociant étant terminées,
Sciol allait se trouver sans état, lorsqu'il
eut le bonheur de faire connaissance avec
un seigneur italien, fort opulent, qui

avait besoin d'un secrétaire, et qui le
prit d'autant plus en affection, qu'il eut
les meilleurs renseignemens sur ses talens, sa probité et sa conduite. Il l'emmena avec lui sous la promesse d'un trai-
tement avantageux ; et séduit par l'esprit,
l'intelligence et l'instruction de son nouveau commensal, il lui accorda bientôt
la confiance la plus absolue, au point
même de mettre entre ses mains une
partie de sa fortune. Il resta cinq ans
dans cette maison, et se perfectionna
tellement dans la langue italienne, dont
il avait eu quelque teinture dans sa jeunesse, qu'il pouvait aisément passer pour
un naturel du pays.

Jusque-là l'honnêteté de ce jeune
homme n'avait pas paru se démentir ;
mais soit que ses inclinations vicieuses

eussent toujours existé en secret, soit
que l'occasion eût servi à les faire naître
pendant une absence de son protecteur,
il ne put résister à la tentation de lui
voler une somme d'environ quarante
mille francs, et plusieurs bijoux, avec
lesquels il se réfugia sous une domina-
tion étrangère. Le premier soin du seigneur italien fut de le dénoncer à la
police de Paris, qui ne put lui donner
que des renseignemens insignifians sur la
conduite de Sciol en France, où on ne
l'avait pas revu depuis son départ de
Marseille, et qui l'inscrivit sur ses re-
gistres en cas qu'il y reparût.

Cependant, Sciol voyagea dans les
différentes contrées d'Italie sous le nom
de *comte Justin*; et s'annonçant en secret pour un homme qui voulait garder

l'incognito. Mais ces différentes courses exigeant un certain appareil, commençaient à épuiser ses facultés pécuniaires, et il était assez prévoyant pour chercher à se préparer d'avance de nouvelles ressources. Il crut en trouver une aussi agréable qu'utile, dans la connaissance qu'il fit d'une jolie chanteuse florentine, qu'il jugea opulente en lui voyant dépenser, avec faste, ce qu'elle avait gagné avec facilité. Il s'empressa de lui faire sa cour ; et celle-ci, qui avait le projet de s'assurer un état solide, présenta beaucoup de difficultés, laissant néanmoins apercevoir le moyen de les écarter par le mariage. C'était précisément le point où en voulait venir le prétendu comte Justin pour s'approprier la fortune de la cantatrice. Mais trop adroit pour se dévoiler tout de suite,

2   14

il eut l'air d'être accablé de la proposition, se montra en même temps plus passionné que jamais, et laissa espérer qu'il se résoudrait cependant à ce sacrifice, s'il ne pouvait autrement obtenir la possession d'un cœur auquel il attachait le plus grand prix. Ce double rôle ayant été joué parfaitement de part et d'autre, ils finirent par s'épouser. Après cette auguste cérémonie vint le moment de la franchise : l'explication fut d'abord embarrassante ; mais ils s'aperçurent bientôt qu'ils s'étaient mutuellement trompés, et qu'il ne leur restait plus que fort peu de moyens pour soutenir l'état auquel ils s'étaient accoutumés. Ayant à se faire les mêmes reproches, ils se gardèrent bien de s'aigrir, et s'arrangèrent au contraire pour tirer réciproquement parti de leurs

talens, et en mettre en commun le produit. Ils ne manquèrent pas de prétextes
honnêtes pour s'éloigner du lieu de leur
union; ils voyagèrent en différentes villes,
s'y présentèrent avec l'air de l'opulence;
et annonçant le désir de rassembler chez
eux la meilleure compagnie sous l'attrait
du plaisir, ils y tinrent des maisons de
jeu, où le comte avait soin de diriger
adroitement les hasards de la fortune,
tandis que sa moitié faisait valoir avec
prudence l'empire de ses charmes. Ils
eurent même l'art de se faire des amis
partout où ils allèrent, et ils ne mar-
chaient que précédés d'une considération
qui écartait, d'avance, tous les soupçons,
et qu'ils paraissaient mériter par l'honnêteté de leur conduite. C'est ainsi qu'ils
passèrent ensemble quinze ou seize ans,

au bout desquels la cantatrice mourut à Rome, laissant à Justin un fils qu'elle avait eu dès la première année de son mariage, et qu'ils avaient élevé avec le plus grand soin.

Justin considérant alors l'état de sa fortune, et se trouvant avec cent mille francs d'argent comptant, eut le plus grand désir de retourner en France, et de chercher à y jouer un rôle important, qui servirait encore à accroître cette somme. Il était décidé à remplir ce projet, quand une circonstance inquiétante vint en hâter l'exécution : il apprit que le seigneur italien, dont il avait été secrétaire, se trouvait à Rome ; il eut même lieu de croire qu'il en avait été reconnu, sachant qu'il prenait des informations sur son compte ; dès lors il ne balança plus,

et se mit en route, non pour sa province, qui ne pouvait lui offrir aucune
ressource, mais pour Paris, où il comptait
que le bonheur, qui l'avait favorisé jusqu'à ce moment, l'accompagnerait encore. Muni de quelques faux titres qu'il
se fabriqua lui-même, et pour lesquels
il n'eut besoin que d'*italianiser* son pré-
nom et de raccourcir son nom de famille,
il se présenta, à la faveur de plusieurs
lettres de recommandation, comme descendant de l'illustre maison Justiniani,
princes de Scio, et répandit mystérieu-
sement une histoire assez vraisemblable
sur le malheureux sort de sa famille, autrefois souveraine, et obligée, depuis
plusieurs siècles, de vivre dans l'obscurité.
Ce roman, accrédité de bonne foi par les
banquiers sur lesquels il avait pris dés

lettres de change, débité avec un air de
bonhommie par un homme dont la stature
épaisse, l'âge de plus de cinquante ans,
le ton de franchise, et l'accent étranger
semblaient appuyer la véracité, en im-
posa au public, et inspira d'autant plus
d'intérêt, que le héros de cette histoire
n'affichait aucune prétention, et ne semblait rechercher que les sociétés les plus
simples. Le prétendu prince de Scio fut
donc accueilli comme tel dans la capitale,
et parvint peu à peu à se faire connaître
en cette qualité à la cour. Il trouva des
protecteurs qui sollicitèrent et obtinrent
pour lui une pension du gouvernement,
qui donna de plus à son fils un brevet
de capitaine de cavalerie, et il ne manqua
pas de faire valoir hautement la faveur
dont il était honoré. Il insinua même que

le roi, ne pouvant le faire rentrer en possession des grands biens appartenant autrefois à sa famille, cherchait à l'en faire dédommager amplement par quelques concessions du grand seigneur ; et parmi les sociétés crédules dont il s'était entouré de préférence, il trouvait aisément des gens de bonne foi, qui, sur cet espoir, lui faisaient des avances pour le soutenir dans le rang qu'il s'était arrogé. Ayant soin de voir régulièrement les ministres, il ne manqua pas de se présenter avec beaucoup d'assurance chez M. de Malesherbes dès qu'il fut en place, et en fut reçu avec honnêteté. Mais un ancien valet de chambre de ce ministre l'ayant examiné attentivement, le reconnut pour le maître d'école auquel il avait confié l'éducation d'un de ses neveux, et se-

hâta d'en prévenir son maître, qui, irrité
de l'impudence d'un tel homme, fit demander à la police tous les renseignemens
qu'on pourrait avoir sur son compte. Par
le moyen de quelques Italiens témoins,
à Rome, de son départ précipité, et des
informations faites à son égard, il fut
facile de remonter à son origine, et de
connaître toute sa vie. M. de Malesherbes,
bien sûr alors qu'il ne se trompait pas,
ne voulut cependant pas faire un éclat
qui aurait divulgué la facilité trop con-
fiante de la cour; il se contenta de lui
faire enjoindre, par la police, de quitter
les faux titres qu'il avait pris, ainsi que
les décorations qu'il avait arborées, et de
sortir tout de suite de Paris, en l'aver-
tissant que partout où il se trouverait, il
serait exactement surveillé. Le prétendu

prince de Scio, redevenu Justin Sciol,
exécuta d'autant plus promptement cet
ordre, qu'il pouvait craindre d'être traité
plus rigoureusement, et que la nécessité
de son éloignement favorisait celle où il
était de se mettre à l'abri de plusieurs
créanciers, qui, le voyant dépouillé de
son titre, n'auraient pas manqué de ré-
clamer sévèrement les sommes qu'ils lui
avaient prêtées pour l'aider à se soutenir.
Ainsi cet aventurier, après avoir fait un
grand nombre de dupes dans les pays
étrangers, ne fut pas plus heureux dans
le cours d'escroqueries qu'il était venu
faire à Paris et à Versailles, qu'il ne l'avait
été précédemment.

~~~~~~~~~~

2   15

A un tirage de la loterie royale de
Londres, un filou employa une ruse
assez singulière pour attraper un juif qui
croyait tirer un grand parti de la circonstance. Notre filou ayant poussé des
cris de joie au moment où un des lots
de 20,000 liv. st. sortit de la roue; il en
écrivit le numéro, sortit de la salle en
faisant tourner son chapeau, et se mit à
crier à tue-tête : *huzza! huzza!* Ses cris
attirant sur lui les regards de tous les
spectateurs, plusieurs gens du peuple,
parmi lesquels se glissèrent quelques filous de sa connaissance, le suivirent en
lui demandant de les régaler de bierre;
il n'eut pas l'air de faire attention à personne, et criait toujours *huzza!* tenant
son numéro à la main, sans faire semblant de s'apercevoir qu'on s'occupait de

lui, et paraissant entièrement préoccupé de la sortie de son gros lot. Un juif qui le suivit, croyant être plus fin que les autres, et désirant de le chambrer, lui conseilla de donner de quoi boire à la populace pour s'en débarrasser plus vîte. Je n'ai point d'argent. — N'importe, dit l'israélite, j'en ai à votre service, ne vous gênez pas. En même temps il lui remit une bourse très bien garnie ; puis l'ayant emmené dans une taverne où il était connu, le juif fit donner à boire à la foule sur son propre compte, et puis ordonnant ensuite un bon dîner dans une chambre séparée, pour un groupe d'amis choisis, il paya tous les écots de sa poche. Mais il fut bien désappointé, lorsque sous le prétexte d'un léger be-soin, le filou, ayant quitté la table, disparut, laissant son amphytrion tout stupéfait d'un stratagême auquel le bon israélite n'avait sûrement pas pensé.

~~~~~~

Un homme dont M. de Sartines connaissait l'exacte probité, vint un jour lui porter ses plaintes sur une escroquerie d'autant plus perfide, qu'elle venait de la part d'un ami auquel il avait donné depuis long-temps toute sa confiance. Cet homme ayant à recevoir un remboursement de 100,000 liv. payables en or, avait prié un de ses amis avec lequel il était lié depuis vingt ans, de l'accompagner pour prendre cette somme, et de la garder chez lui jusqu'au moment où il devait en faire l'emploi. La somme fut en effet transportée chez cet ami prétendu, mais secrètement, pour ne pas s'exposer à la tentation possible des domestiques; et la femme de cet ami ayant aidé à ce transport, fut seule dans la confidence. Cependant, au moment où il réclame le dépôt, le mari et la femme affectent le plus grand étonnement, et nient hardiment avoir jamais reçu aucune somme; il n'a point de témoins pour les convaincre, et il espère que M. de Sartines voudra bien lui fournir quelque moyen pour recouvrer une si grosse partie de sa fortune. Le magistrat promet de s'occuper de cet objet, mais se garde bien de donner des espérances qui peuvent ne pas se réaliser. Il était, en effet, d'autant plus difficile de se déterminer en cette circonstance, que le dépositaire avait un état qui semblait garantir son

intégrité, et qu'il jouissait d'une bonne
réputation. Cependant M. de Sartines le
fait demander chez lui, et lui expose les
plaintes qui ont été portées sur son
compte; on pense bien que le fait fut nié
avec autant d'audace que de fermeté; que
le plaignant fut traité de fou, de vision-
naire, etc. « Eh bien! dit M. de Sartines,
» puisque vous n'avez rien à vous repro-
» cher, j'espère que vous ne refuserez pas
» de m'en donner une preuve, qui, en
» effaçant jusqu'au moindre soupçon, me
» mettra à même de démontrer le crime
» ou la démence de votre calomniateur.
» Mettez-vous à cette table, et écrivez ce
» que je vais vous dicter. » Le magistrat
dicte : « Tout est découvert, ma chère
» amie, nous sommes pendus l'un et
» l'autre, si à l'instant tu ne te rends à

» l'hôtel de la police avec les 100,000 liv.
» de dépôt. — Signez votre nom et
» adressez cela à votre femme. »

L'accusé, inquiet, mais persuadé qu'il
ne s'agit que d'une épreuve qui n'aura
pas de suite, et à laquelle il ne peut se
refuser sans s'avouer coupable, ne fait
aucune difficulté, écrit, plie le billet, y
met l'adresse; mais lorsqu'il entend M. de
Sartines donner ordre à un inspecteur de
porter cette lettre, de suivre tous les
mouvemens de la femme, de lui en rendre
compte, et de l'accompagner si elle se
décide à venir. Il sent qu'il s'est pris lui-
même au piège, se jette aux genoux du
magistrat, avoue son crime, et le supplie
de ne pas le perdre. Le lieutenant de
police lui promet sa grâce, à condition
qu'il se démettra incessamment de la

place qu'il occupe, et qu'il déshonore, et lui annonce que sa conduite sera, à l'avenir, surveillée avec la plus grande sévérité. Sur ces entrefaites, la femme complice de la friponnerie arrive, apportant les 100,000 liv.; et cette somme est rendue à celui à qui elle appartient légitimement, et qui ne se flattait pas de pouvoir jamais la recouvrer.

~~~~~~~~~

Un particulier étant fort pressé au parterre de la Comédie Française, sentit une main étrangère se glisser dans son gousset. Il la saisit aussitôt, et se préparait à crier au voleur, lorsque celui qu'il venait de prendre sur le fait, lui demanda s'il était bien sûr que sa main eût été dans sa poche. — Je n'ai pas lieu d'en douter, lui répondit le particulier, puisque je la tiens encore. — Ah! Monsieur, que je vous ai d'obligation (repartit assez bas le filou pour ne pas être entendu des voisins), j'étais sur le point de faire une belle sottise : on est ici tellement serré les uns auprès des autres, qu'on prend facilement la poche de son voisin pour la sienne. Dans la crainte des filous, dont on ne saurait trop se défier, je me disposais à faire changer de gousset à trois écus de 6 fr., et j'allais tout bonnement les mettre dans le vôtre, si vous ne m'aviez averti de mon erreur; que je vous suis obligé ! Il ouvrit alors la main, et le particulier vit qu'il tenait en effet trois écus de 6 fr., qu'il lui conseilla de bien serrer; ce qu'il ne manqua pas de faire, et tout en le remerciant il se perdit dans la foule. Le particulier voulut aussi, par précaution, mettre la main sur son argent; hélas! il avait disparu, et il venait d'aider à se voler lui même par le conseil qu'il venait de donner.

~~~~~~

Deux amis étant à dîner chez un traiteur, furent abordés par un juif, qui, s'approchant d'un air patelin, leur montra une tabatière garnie en or, et leur proposa de l'acheter. Un des deux amis prit la tabatière afin de l'examiner : prenez garde, Monsieur, lui dit doucement l'israélite, prenez garde, c'est un ouvrage aussi beau que délicat; vous savez le proverbe : *qui casse les verres les paie?* — Ne craignez rien, père Mathusalem,

lui répondit en riant le curieux, j'ai les
mains adroites, et... Tout en parlant
il ouvrit la boîte, et le cercle du couvercle se détacha et tomba par terre. Je
suis fâché de l'accident, s'écria le juif,
vous avez la main lourde, Monsieur, cet
ouvrage était d'une solidité à l'épreuve;
le voilà tout gâté; vous êtes trop juste
pour ne pas me le payer. Je vous avais
cependant bien averti qu'il fallait manier
doucement ce chef-d'œuvre de l'art! Au
reste, il ne vous en coûtera qu'une bagatelle, vous en serez quitte pour 12 fr.
En vain les deux amis représentèrent au
juif qu'il ne collait sûrement pas les cercles de ses brillantes tabatières, afin que,
venant à se détacher lorsqu'on voulait
examiner sa marchandise, on crût les
avoir défaits par maladresse. Alors le juif

haussant la voix et protestant de sa probité, les menaça du commissaire en leur
répétant *qui casse les verres les paie*. Les
deux amis ne voulant pas s'exposer à des
difficultés désagréables, finirent par lui
donner 12 fr., qu'il reçut en leur laissant
la tabatière dont la valeur était au plus
de 40 s., et les cercles en cuivre.

~~~~~~~~

UNE dame qui tenait un hôtel garni,
vit un jour entrer chez elle un homme
pliant sous le poids d'une caisse énorme,
en disant qu'il lui apportait cent bouteilles
de vin d'Espagne, et qu'il fallait 3 louis
tant pour le port que pour les droits. La
dame, étonnée, et qui n'attendait aucun
présent de cette espèce, balançait à le
recevoir, lorsqu'on lui remit une lettre

à son adresse, et datée de Madrid, dans laquelle on lui mandait que quelqu'un qui avait long-temps logé chez elle, et qui lui avait de grandes obligations, tâchait de lui témoigner sa reconnaissance par le vin d'Espagne qu'il lui envoyait. On ajoutait qu'on gardait l'anonime afin de jouir de son embarras, et pour qu'elle n'entreprît point de s'acquitter d'une bagatelle qui lui était due à justes titres. Toutes ces raisons étaient assez plausibles, et la vue de la caisse bien cordée, numérotée, étiquetée, achevait de confirmer la chose. Enfin la dame, charmée de posséder un vin dont elle comptait se défaire avantageusement, donna les 3 louis au porteur, qui se retira. Le premier transport de sa joie étant calmé, elle eut envie de goûter l'excellente liqueur : on

s'empresse de lever le couvercle de la
caisse, et l'on ne trouve que des bouteilles remplies d'eau.

~~~~~~~

Un particulier en passant dans une rue
de Paris, acheta, d'une espèce de paysan,
un très-beau lièvre, dont il espérait se
bien régaler. Mais quand sa cuisinière
voulut l'apprêter, elle s'aperçut, avec la
dernière surprise, que ce n'était qu'un
gros chat qu'on avait cousu dans la peau
d'un lièvre.

~~~~~~~

Un marchand de chiens se promenait
un soir d'été sur le boulevard, tenant un
petit chien sous le bras, gros comme le
poingt, dont les oreilles avaient plus d'un

demi-pied de long : il offrait aux ama-
teurs cet animal merveilleux. Une jeune
dame appelle le marchand : « Mon Dieu,
s'écrie-t-elle, la jolie petite bête ! ses
oreilles sont divines. — Oh ! Madame,
je suis certain qu'on ne trouverait pas
son pareil à dix lieues à la ronde. »
Après bien des contestations l'on convient enfin du prix ; la jeune dame donne
4 louis de cette précieuse bête, et le
marchand se retire en protestant qu'elle
n'en paie pas seulement les oreilles. La
dame, au comble de la joie, voit passer
deux de ses amies, et leur montre avec
transport l'acquisition qu'elle vient de
faire. On fête le charmant petit animal,
c'est à qui lui fera le plus de caresses...
Mais ô surprise ! dans l'instant qu'on admire davantage la beauté de sa coiffure,

une de ses oreilles reste dans les mains
de sa maîtresse : on se regarde, on ne
sait que penser de l'aventure; on visite
sur-le-champ l'autre oreille, et l'on s'a-
perçoit, avec le dernier étonnement,
qu'elle ne tient qu'à un fil très-délicate-
ment passé dans un petit crochet : on
veut courir après le fabricant de chien,
mais il avait disparu. La dame, toute
honteuse d'avoir été ainsi dupe, abandonne la promenade, et laisse le petit
chien courir sur le boulevard avec sa seconde oreille postiche.

⁓⁓⁓⁓⁓⁓

Voici un trait insigne de coquinerie,
dont le public s'est entretenu long-temps,
et qui, en effet, prouve combien ces honnêtes gens sont féconds en ressources.

Une bonne dévote de profession, d'environ cinquante ans, très-crédule, mais fort riche, entendant la messe à Saint-Paul, sa paroisse, voulut suivre l'usage qu'elle s'était prescrit, de communier au moins deux fois chaque semaine. Après le dernier évangile, elle quitte son prie-dieu pour s'approcher de la sainte table. De retour, quelle fut sa surprise, lorsqu'en ouvrant ses heures pour faire son action de grâces, elle vint à jeter les yeux sur un billet bordé d'un cordon de fleurs en miniature, et qui contenait en caractères dorés ce qui suit : « La bonne odeur » de vos prières est montée jusqu'à Dieu, » et le saint patron de cette église a été » pour vous un si puissant interces- » seur dans le ciel, qu'il vient d'obtenir, » comme une grâce inouie, de pouvoir

» encore descendre sur la terre, et de ve-
» nir demain souper avec vous ; mais, afin
» de jouir d'une prérogative si distinguée,
» il est nécessaire que vous éloigniez les
» profanes, et qu'il soit seul avec vous.
» C'est alors que vous entendrez des
» choses qui n'ont pas encore été dites à
» aucun mortel, et dont il a plu au Tout-
» Puissant de rendre dépositaire une
» âme aussi pure et aussi exaltée que
» la vôtre.

PAUL, Apôtre. »

Jugez de l'impression que devait faire
sur un cerveau renversé par trop de bigo-
terie, cette étrange nouveauté. Notre
vénérable sortit aussitôt de l'église, re-
gagna sa maison, appela sa domestique,
aussi imbécille, aussi propre à être dupe
que la dame. Les voilà à lire et relire

dix fois la sainte missive, et à répandre l'une après l'autre des larmes de joie. Mais comment recevoir un saint? Quels mets assez succulens seront de son goût? Quel traiteur assez habile pourra se flatter de préparer un souper digne de l'apôtre des nations? Elles eussent bien voulu mettre dans leur confidence quelques voisines du quartier; mais il fallait éloigner les profanes : cela était bien expressif. On devait être seul à seul, et Saint-Paul eût trouvé mauvais que tout autre que la servante, très-dévotieuse, eût été admise dans une assemblée où devait se faire la manifestation de si grandes choses. Cependant il fallait prendre un parti, et celui de la servante fut d'aller commander un repas de deux couverts, chez un traiteur qui était au bout de la même rue. Pour

qui, demanda cet homme ? Autre embarras. Mais une sotte est toujours une sotte.
Celle-ci fit confidence au traiteur de la
mystique entrevue de sa dame avec un
apôtre, et le supplia sur toute chose, de
bien garder le secret. Il ne coûte rien de
promettre : le traiteur jura que personne
n'apprendrait ce mystère. Mais à peine
cette fille l'eût quitté, que réfléchissant
sur ce qu'il venait d'apprendre, il crut
deviner qu'on en voulait plus à la bourse
de cette illuminée, qu'à la sublimation
de son âme, et que c'était un stratagême
de fripon. Frappé de cette idée, il court
chez un célèbre orfèvre de Paris, qu'il
savait être le beau-frère de la dévote, et
cela dans le dessein de l'engager à parer
aux conséquences de cette affaire. Cet
homme était sorti depuis neuf heures,

et, en son absence, un ouvrier n'avait pas fait de difficulté de prêter à la dévote un assortiment de vaisselle plate, qu'elle venait tout fraîchement d'enlever. Surcroît de soupçon pour le traiteur, qui ne voulut pas se retirer avant le retour du maître. Il arriva sur les trois heures, et apprit toute l'histoire. Comme il connaissait l'extrême simplicité de sa belle-sœur, il n'en devint que plus ardent à la tirer d'un danger qui lui paraissait très-pressant. Il commença par prévenir une brigade du guet; et imagina de se déguiser lui-même en Saint-Pierre; et précédé d'une si bonne escorte, il se rendit aux environs de la maison de la dame, vers l'heure où il prévoyait que Saint-Paul devait y entrer. Tout réussit selon ses désirs, et après une demi-heure d'attente, il aperçut le patron s'avancer vers le logis de la dévote. Il était habillé à l'Israélite, le menton garni d'une barbe postiche, un livre sous le bras, et un bâton à la main. Il frappe, la dame et la servante viennent lui ouvrir, et se prosternent à ses pieds; elles l'introduisent dans une chambre proprement meublée, et s'enferment avec lui. Un quart-d'heure après paraît le traiteur, chargé d'un garde manger portatif, dans lequel tous les mets sont rangés par ordre. Il frappe à son tour, et aussitôt la servante venant ouvrir, s'empare de la corbeille, lui dit deux mots et le renvoie. Comme on n'attendait plus personne, les verroux sont mis.

Cependant, à peine eut-on porté la main au premier plat, que Saint-Pierre, placé devant la maison de sa sœur d'où il

avait observé toute cette affaire, s'avance,
et frappe avec violence. La domestique
veut ouvrir : Saint-Paul s'y oppose. On
redouble, on menace d'enfoncer. Il faut
bien, quoiqu'en dise l'apôtre, apprendre
la cause d'un pareil vacarme, et y apporter
remède. Qui frappe, dit la servante. On
répond : C'est Saint-Pierre. Surprise agréable pour la dame, qui compte avoir
cette nuit tout le collège apostolique ; et
sur-le-champ elle ordonne d'ouvrir ; mais
Saint-Paul n'en paraît que plus obstiné à
rester seul. Enfin les coups deviennent si
furieux et si multipliés, que les ferremens
de la porte sont sur le point de céder à
l'effort. Dans ce moment, la fille n'écoute
aucun ordre : la maison est ouverte, et
Saint-Pierre, sous un habillement judaï-
que, la tête chauve, des sandales aux

pieds, et aux mains une paire de clefs, aborde Saint-Paul, et lui adresse ces paroles avec emphase : « Apôtre des nations, que le Seigneur suscita pour ramener les brebis perdues de la maison d'Israël, qui vous engage aujourd'hui à passer les bornes de votre ministère, et à diriger les ouailles prédestinées du troupeau, sans une mission expresse ? Envoyé moi-même pour vous en faire des reproches, j'ose vous signifier le décret d'en haut, qui vous ordonne de suspendre vos travaux, et de me suivre dans ces demeures paisibles dont vous vous êtes échappé au grand étonnement de toute la cour céleste : et en cas qu'il vous arrive de ne point obéir, voici, poursuivit-il, en faisant entrer la brigade, quelque chose de plus qu'une grâce victorieuse

pour vous y contraindre. » En proférant
ces mots, Saint-Pierre enjoint aux cavaliers de faire leur devoir. Saint-Paul est
donc débarbé, dépouillé; et sous le déguisement d'un apôtre, on trouva les ins-
trumens propres à un scélérat : des pis-
tolets, des rossignols, des limes, des
poignards. Quel fut l'étonnement des dé-
votes, et que devinrent-elles quand il
plut à Saint-Pierre de se faire connaître,
et de reprendre le personnage d'un beau-
frère! Voilà de vos étourderies, dit-il à
sa sœur ; mais ce misérable n'en sera pas
quitte pour la peur.

~~~~~~~~

Il existe en Angleterre des gens qui
ne font d'autre état que d'aller dans les
prisons offrir leurs services moyennant un

2   17

salaire, afin de se charger des affaires des
prisonniers ; et lorsqu'ils ont été payés
d'avance, peu leur importe alors de réussir ou non. Un de ces solliciteurs avait
reçu une forte somme d'un prisonnier,
avec assurance de le tirer du mauvais pas
où il se trouvait ; malgré toutes les belles
promesses dont il avait bercé cet infor-
tuné, le roi n'avait pu se refuser à signer
la fatale sentence. Le malheureux était
déjà instruit de son sort, lorsqu'un matin
son solliciteur vint le voir : Eh bien ! dit
celui-ci, comment va la joie ? — Dites
plutôt la rage d'avoir été votre dupe. —
Eh ! quelle mouche vous pique, mon
cher ? — Quelle mouche, scélérat ? je
serai pendu demain. — Vous, pendu ?
parbleu la plaisanterie est bonne. Eh !
qui oserait vous condamner à la potence ?

allez, rassurez-vous, on n'aura pas la
témérité de me pousser à bout, j'ai la
parole du ministre, et je vais de ce pas
le sommer de la tenir, ou bien... vous,
pendu, vous, après que j'ai reçu les as-
surances les plus positives du contraire?
Ah! parbleu, je voudrais bien voir cela,
et l'on verrait... ; allez, qu'on ose seulement vous conduire à la potence, et
je les arrangerai bien, ces messieurs; je
vais de ce pas m'occuper de votre affaire.
Vous verrez ce que vaut la recommandation d'un homme tel que moi. Le
pauvre diable le vit en effet; vingt-quatre
heures après il fut (comme on s'exprime
en Angleterre) lancé dans l'éternité.

Il y a des fripons de toute espèce; si
le plus grand nombre ne peut résister à
l'appât de l'or, il en est qui, séduits par
la beauté, emploient aussi la ruse pour se
procurer les faveurs des belles; en voici
un exemple : dans le nombre des beautés
les plus à la mode , on distinguait la
charmante Victorine ; c'était une blonde
faite à peindre , dont la physionomie
tendre et mutine faisait la plus vive impression. Les amans d'un rang illustre ,
qui semblaient s'être disputé la gloire de
l'enrichir , la rendaient encore plus fa-
meuse que les charmes dont la nature
l'avait douée. Un jeune seigneur jouissant
d'une fortune peu considérable, ne pouvait s'empêcher de soupirer pour Victorine , et désirait vivement obtenir la
faveur d'un tête-à-tête; mais comme elle

était entretenue avec le plus grand faste,
il n'avait pu trouver l'instant de lui faire
ses propositions. Enfin, un soir qu'il l'a-
perçut seule à la comédie, il vint se placer
dans sa loge; et ayant lié conversation, il
apprit avec joie que le bailleur de fonds
était absent pour quelques jours. Sans
perdre un instant en de vains soupirs, il
présenta son offrande, et la divinité y
fut sensible; elle consentit, moyennant
100 louis, à lui permettre de la recon-
duire, et de lui tenir compagnie jusqu'au
lendemain; le seigneur n'avait point cette
somme dans sa bourse; ce ne fut qu'au
moment de se séparer de la beauté com-
plaisante qu'il avoua qu'il lui fallait demander crédit pour quelques heures, et
il promit de revenir dans la journée acquitter sa dette d'honneur. A peine rentré

dans son hôtel, il s'empresse en effet de dégager sa parole, et remet les 100 louis à l'un de ses valets de chambre, avec ordre de les porter à mademoiselle Victorine. Il faut savoir que le confident de ce jeune seigneur avait, depuis long-temps, jeté des yeux de convoitise sur cette nymphe célèbre ; mais n'étant point assez riche pour acheter des audiences qui se vendaient torp cher, il étouffait ses tendres sentimens. L'occasion d'approcher de la séduisante nymphe réveilla dans son cœur un feu mal éteint ; il résolut de mettre à profit l'heureux hasard qui se présentait. Il choisit dans la garde-robe de son maître un habit magnifique, se pare avec le plus grand soin, sort de l'hôtel par une porte de derrière, se jette dans le premier fiacre qu'il rencontre, et se fait conduire devant la maison de Victorine. Arrivé dans son antichambre, il affecte les airs d'un homme d'importance, et se fait annoncer comme un seigneur étranger. On se hâte de l'introduire, et il déclare sans façon le motif de sa visite; comme il la voit hésiter, il étale ses pièces d'or sur la table. A cet aspect, les scrupules de la belle se dissipent entièrement. Le seigneur ne retourna qu'au bout de quelques jours chez cette dangereuse sirène, et fut bien surpris des reproches qu'elle lui fit. Comme elle lui avoua qu'au lieu du valet de chambre, elle avait reçu la visite d'un seigneur étranger qui lui avait fait présent de 100 louis, il ne douta pas que son émissaire n'eût cherché à se payer de la peine qu'il avait prise. Il le manda chez Victorine; et sur les menaces

qu'il lui fit de le chasser s'il n'avouait la
vérité, le galant domestique lui confessa
tout ce qui s'était passé. Le seigneur n'en
fit que rire, trouvant surtout très-plai-
sante l'erreur de la belle intéressée, que
le rusé valet de chambre avait su prendre
pour dupe.

~~~~~~~

Il est toujours dangereux de croire
aux devins et aux sorciers qu'on rencontre dans Paris. Deux dames d'un rang
distingué entendirent parler d'une étrangère pour qui l'avenir n'était point caché;
elles résolurent de la consulter, et se
rendirent chez elle en allant à l'Opéra,
c'est-à-dire dans toute leur parure. Les
bijoux qu'elles portaient frappèrent la
sorcière. « Mesdames, leur dit-elle, si

» vous voulez lire dans l'avenir , il faut

» vous armer de courage. Apprenez que

» nous avons dans ce monde un esprit

» qui nous accompagne sans cesse, mais

» qui ne se communique qu'autant qu'il

» y est forcé par une puissance supé-

» rieure. Il ne tient qu'à moi de vous

» procurer à chacune un entretien par-

» ticulier avec votre génie ; mais il ne

» cédera point à vos conjurations , si

» vous ne souscrivez à certaines condi-

» tions absolument nécessaires. » Les

dames demandèrent avec empressement

quelles étaient ces conditions. « Les voici,

» poursuivit la sybille moderne d'un ton

» solennel : il s'agit de se dépouiller de

» ces vêtemens, ouvrage du luxe, et qui

» annoncent combien le genre humain

» est perverti : Adam, quand il conver-
» sait avec les esprits, était dans un pur
» état de nudité. » On hésite, on est
tenté de se retirer; mais on s'encourage
en songeant que les génies seront seuls
témoins de l'obéissance exigée. Enfin, la
curiosité l'emporte; les robes, les bijoux
sont déposés dans une chambre, et chacune des dames exactement nue, passe dans
un cabinet séparé. Elles y restèrent deux
heures avec une impatience difficile à
exprimer. Ne voyant point paraître l'esprit, elles commencent à penser qu'elles
ont été trompées; la frayeur les saisit,
elles poussent des cris affreux; leurs gens
qui les attendaient à la porte de la rue,
accoururent au bruit, suivis des voisins,
et on les tira de leur prison. La prétendue

sorcière, après les avoir enfermées sous la clef, avait disparu avec leurs hardes et tous leurs effets.

~~~~~~~

Un harpagon, grand spéculateur, préta 5oo louis à une femme joueuse et beaucoup plus pourvue d'attraits que de fortune; et comme il mettait un ordre infini dans ses affaires, il exigea un billet payable à une époque déterminée, laissant cependant à entendre que la dame pourrait s'acquitter d'une manière agréable pour l'un et pour l'autre. Au bout de quelques jours la dame crut devoir lui prouver sa tendre reconnaissance, et se flatta d'autant plus de s'être acquittée, que le riche avare revint souvent jouir d'un bonheur dont il paraissait goûter tout le prix. Mais l'échéance du billet étant arrivée, quelle fut sa surprise, de voir entrer le domestique du Crésus, qui lui demanda le paiement de son obligation! Je m'expliquerai avec votre maître, lui dit-elle; ce dernier vint lui-même. Je suis fort étonnée, mon cher ami, lui dit-elle avec tendresse, que vous exigiez le paiement d'une bagatelle après tout ce que j'ai fait pour vous. — Ah! Madame, répondit-il, je vous respecte trop pour avoir cru vous acheter; je n'ai touché que les intérêts. Et il se fit payer avec la dernière rigueur.

⁓⁓⁓⁓⁓⁓

Un des malheureux que l'horrible frénésie du jeu entraîna dans les tripots en l'an 7, y rencontra un ami (Hédelin, courtier de change), dont il savait que

le portefeuille était bien garni. Il lui dit
en confidence que, lors de la révolution,
la crainte d'être pillé par des brigands l'a
déterminé à enfouir dans le bois de Vin-
cennes, à tel endroit, une somme assez
considérable, qu'il n'a pas été chercher
encore, mais qu'il croit pouvoir reprendre
dans un moment où tout est calme. Hédelin, extrêmement crédule, consent,
sur les instances de son prétendu ami,
de l'accompagner au lieu désigné. Ils
partent sur le soir, parce qu'il ne fallait
point être vu; ils arrivent dans un endroit
écarté. Quel est l'étonnement et l'effroi
du trop confiant Hédelin, lorsqu'il entend ces mots : « J'ai perdu tout mon
argent au jeu; j'ai pris à M. de Liancourt
trois quittances de finance; il faut que tu
me fournisses les moyens de remplir ce

vol, ou je te tue. » Hédelin, étourdi de
cette apostrophe, garde un moment le
silence, et ne sort de la stupeur où il
était plongé, que pour rappeler son ami
à des sentimens d'honneur ; mais ses remontrances sont vaines ; lorsqu'il lui dit
qu'il ne peut satisfaire à sa demande, il
sent un poignard qui lui perce le flanc,
et qu'une main furieuse retourne dans la
blessure. Sans doute que l'assassin avait
fait cette blessure moins profonde qu'il
ne croyait ; il s'en aperçoit aux efforts que
fait sa victime pour défendre un reste de
vie ; alors il tire un pistolet de sa poche,
mais la balle effleure le bras d'Hédelin,
et le blesse à peine ; un autre coup part
et ne l'atteint pas : alors il se précipite
sur le malheureux qu'il veut absolument
assassiner et voler. Un cavalier, attiré

par les coups de pistolet qu'il a enten-
dus, accourt au bruit. Hédelin, couvert
de blessures et de sang, a assez de force
pour monter en croupe derrière lui; mais
l'assassin saisit la bride du cheval, et
menace d'un autre pistolet le cavalier;
Hédelin est contraint de descendre, le
cavalier fuit, un coup de feu part sans
l'atteindre. La lutte recommence; Hédelin, quoiqu'épuisé par le sang qu'il perd,
vient à bout d'arracher un nouveau pistolet qu'on lui présente sur la poitrine;
il essaie de faire feu, mais sans succès;
les forces lui manquent; enfin il succombe sous les coups redoublés dont son
meurtrier l'accable. La voiture d'un co-
quetier passe, celui qui la conduisait accourt aux cris qu'il entend; l'assassin,
qui avait déjà volé en partie Hédelin,

n'ayant plus d'armes chargées, et craignant que les clameurs du nouveau venu ne le fissent arrêter, prend la fuite et abandonne sa victime expirante. Le voiturier charge le malheureux Hédelin sur sa charrette, et le transporte dans une auberge, où l'on fait aussitôt venir un chirurgien. On le rappelle au sentiment de l'existence, et il vit assez pour faire le récit affreux qu'on vient de lire. L'assassin était un secrétaire du duc de Liancourt, et venait de lui voler trois quittances de finance, chacune de 12,000 liv. qu'il avait eu le désespoir de perdre au jeu.

~~~~~~~

Un juif nommé Melchisédech, brocanteur de son métier, se trouvant ruiné, fut rencontré par un de ses amis, bon israélite, c'est-à-dire ne se faisant nul scrupule de tromper ceux qui avaient affaire à lui. Cet honnête hébreu n'avait pour lors que deux cannes, dont tout le mérite ne consistait qu'en une vaine apparence, car elles étaient tout à la fois entées et collées. Il en remit généreusement une à son confrère Melchisédech, et l'invita de s'associer avec lui le reste de la journée, pour trouver ensemble des dupes qui pussent les indemniser des caprices de la fortune. L'accord venait à peine d'être jugé sur le boulevard, que l'œil perçant de Melchisédech découvrit un jeune militaire qui lui parut une proie facile. Je suis trop connu pour me présenter moi-même, dit-il aussitôt à son camarade; vas jouer mon rôle auprès de

2   18

ce jeune guerrier ; qu'il apprenne qu'en paix comme en guerre un bon soldat doit toujours être sur ses gardes. Le second juif entendit à demi-mot, s'éloigna du rusé personnage qui pouvait le rendre suspect, et s'approcha d'un air hypocrite du jeune homme qu'il voulait tromper : « Je suis, dit-il en affectant un singulier » baragouin, je suis un pauvre matelot » qui reviens des Indes ; le besoin ex- » trême et l'envie de regagner la Pro- » vence, mon pays, me forcent de vendre » ce jonc, le seul bien qui me reste » après mes folles dépenses et le voyage » de long cours que j'avais entrepris. » Vous aurez ce jay superbe pour la » somme modique de 3 louis ; ce n'est » pas la moitié de sa valeur, car il a » plus de trente pouces. » L'officier offrit jusqu'à 36 fr., qu'on hésita de prendre jusqu'à ce qu'on fût sûr qu'il n'y avait pas moyen de lui escroquer davantage. Les deux juifs partagèrent fidèlement : Melchisédech garda la canne qu'il tenait de son confrère, et voici l'aventure qu'elle lui attira : il était le soir du même jour dans un café sur le boulevard, lorsqu'il y vit entrer le jeune officier qui paraissait tout fier d'avoir un jay de trente pouces. Le militaire n'eut pas plus tôt aperçu la canne du juif, qu'en la méprisant il lui montra la sienne, et lui dit d'en estimer la valeur. L'israélite répondit qu'elle pouvait lui avoir coûté 5 louis, et lui proposa de troquer, vu que la sienne avait deux pouces de plus. Le jeune étourdi se laissa persuader de faire le troc, et donna 12 fr. de retour. Le juif aurait dû

se retirer après cela, mais il s'amusa à
boire un verre de liqueur. Tandis qu'il
se délectait imprudemment, le militaire
voulant s'appuyer trop fortement sur sa
canne, eut la mortification de la voir se
partager en deux. Furieux d'avoir été pris
pour dupe, il sauta sur Melchisédech, et
lui appliqua maintes gourmades en le
traitant de coquin, de voleur. Le juif ne
perdit point la tête ; il se saisit de la
canne qu'il venait d'avoir en troc, et la
cassant par la moitié, il fit voir qu'elle
était entée, et que par conséquent il avait
aussi été pris pour dupe. L'officier, très-
confus, craignit de passer pour un autre
fripon, et laissa l'israélite se retirer tranquillement.

UNE dame étant à la messe dans l'é-
glise Saint-Roch, tire de son sac une très-
belle boîte d'or émaillée, et croit l'y avoir
remise après s'en être servie. Cependant,
la messe finie, elle s'aperçoit en reprenant son sac, qu'il est bien léger, et n'y
retrouve plus sa boîte, et cherche avec la
plus grande inquiétude autour d'elle. Un
homme d'une figure honnête et préve-
nante, très-bien vêtu, s'approche, et lui
demande avec l'air de l'intérêt, le motif
de son embarras; elle l'explique. Aussitôt
cet homme fait écarter tout le monde, et
cherche avec empressement sans rien
trouver, la dame ne doute plus qu'elle a
été volée, et paraît extrêmement émue.
L'obligeant personnage lui propose son
bras pour la ramener chez elle. Après
quelques complimens elle accepte, en

lui disant qu'elle va très près chez madame
de★★★ une de ses amies rue de Gaillon,
où elle est engagée à dîner. Chemin faisant, elle cause avec son conducteur, lui
dit son nom, lui apprend naïvement sa
demeure, rue du faubourg Saint-Honoré,
et lui dit que sa pauvre femme de chambre, Adelaïde, qui est restée seule dans
son appartement, sera bien fachée quand
elle saura la perte qu'elle a faite. Arrivée à la maison où elle devait se rendre,
elle remercie affectueusement l'homme
honnête qui l'avait accompagnée, et le
quitte. Celui-ci se rend aussitôt rue du
faubourg Saint-Honoré, à la maison qui
lui avait été si bien indiquée, demande
mademoiselle Adelaïde, lui dit que sa
maîtresse doit dîner comme elle le sait
bien, rue de Gaillon chez madame de★★★;

que cette dernière, devant avoir plus de monde qu'elle n'en attendait, a demandé a son amie douze couverts à emprunter, et qu'il s'est chargé de les venir prendre. « Mais comme vous ne me connaissez pas, ajoute-t-il, et que vous êtes trop prudente pour les confier à un inconnu, elle m'a remis sa boîte pour certifier ma mission. » La bonne Adélaïde à la vue de la boîte, n'imagine pas de concevoir le moindre soupçon, et ne pouvant quitter la maison en l'absence de sa maîtresse, remet les douze couverts, avec lesquels le filou, fort content du succès de ses deux es-croqueries, s'évade bien vite.

~~~~~~~~~

MONSIEUR DE SARTINES, à qui la ville de Paris eut les plus grandes obligations

tant par le zèle qu'il mit a purger la capitale des nombreux filous qui y abon-
dent que par son activité à prévenir les
crimes qui se commettent dans les grandes
cités, allait souvent chez Monsieur le duc
d'Orléans (Louis), qui l'accueillait toujours avec la plus grande bonté. Un jour
la conversation tomba sur les différens
tours d'adresse des filous dont on raconta
beaucoup d'histoires extraordinaires. Le
prince soutint que c'était la faute de ceux
qui en étaient dupes; qu'en ne se mettant
pas dans les foules, ou s'y tenant sur ses
gardes, on ne pourrait pas en être victime.
Monsieur de Sartines lui répondit qu'il
était moins que tout autre en état d'en
juger, étant toujours orné de ses décorations, entouré de sa cour, ne pouvant
être approché que par ceux qui avaient

l'honneur d'être connus de son Altesse, et la foule s'écartant dès qu'il se présentait; mais que si son Altesse voulait aller trois ou quatre fois en simple particulier, sans prendre aucune précaution extraordinaire on lui escamoterait très-aisément sa montre, ou sa boîte dans sa poche, sans qu'il s'en doutât. Le prince offrit de parier qu'on ne le volerait pas, se réservant seulement de ne pas aller dans les foules, et le défi fut accepté. Dès le lendemain monsieur de Sartines vint chercher le prince qui se revêtit d'une simple redingote, et ils allèrent ensemble sur les boulevards neufs, l'un des endroits les moins fréquentés de Paris. Ils mirent pied à terre et passèrent la barrière où ils laissèrent leur suite. Une conversation intéressante, et la solitude du lieu écarté où ils se trouvaient firent

2   19

bientôt oublier le motif de la promenade ;
mais à peine eurent-ils fait deux cents pas
dans la campagne, qu'ils aperçurent auprès
d'une cahute une femme du peuple qui
battait avec la plus grande inhumanité son
enfant âgé d'environ dix ans. M. le duc
d'Orléans, qui était bon et extrêmement
sensible, alla tout de suite à cette femme,
et lui représentant sa barbarie tâcha de
l'adoucir, mais cette mégère en fureur
s'écria : « Ah ! Monsieur, ne prenez pas
son parti, vous ne savez pas toutes les
sottises qu'il me fait, c'est un petit coquin, etc. » Le jeune enfant, qui portait
une figure intéressante, vint se jeter tout
en larmes dans les bras de son intercesseur,
seur, pour se mettre à l'abri des coups
de sa mère, qui à la fin se laissa fléchir.
« Eh bien Monseigneur, dit M. de Sartines,

vous croirez dorénavant à l'adresse des filous? — Comment donc! — Regardez dans votre poche. » Le duc d'Orléans se fouille, et ne trouve plus sa boîte. Indigné de ce qu'un enfant aussi jeune recevait une telle éducation, il voulut le retirer du crime, ainsi que de la prison, d'où M. de Sartines l'avait fait sortir pour jouer cette scène, et se chargea de le faire élever dans une pension. Mais il est bien difficile que le germe du vice, développé avec l'enfance ait été totalement détruit.

~~~~~~~~~~

Un riche banquier avait la plus grande confiance en un domestique qui le servait depuis dix ans avec une extrême

fidélité. Mais les sentimens de ce domestique vinrent à changer; il devint amoureux, et désirant enrichir sa maîtresse
en l'épousant, il ne vit rien de mieux
que de voler l'homme riche et spéculatif,
qui avait toute confiance en lui; il résolut
aussi d'exécuter son crime de manière
qu'il fût impossible de le soupçonner, et
voici l'horrible complot qu'il forma : il
acheta douze livres de poudre à canon,
dont il plaça la plus grande partie sous
le bureau de son maître, dans lequel il
prit environ 20,000 fr. ; ensuite il fit
aboutir à la poudre une mèche faite avec
de l'amadou, et assez longue pour que
l'explosion n'arrivât qu'au bout d'une
demi-heure; après y avoir mis le feu il
se retira tranquillement, alla déposer son
trésor dans une petite chambre qu'il avait

louée en secret, et courut sur le boulevard dont il était voisin, afin de voir
sauter la maison, se flattant qu'alors il
jouirait de son vol impunément. Mais,
par bonheur, le banquier, qui n'avait
coutume de rentrer qu'à dix heures du
soir, vint chez lui sur les huit heures,
et frappé de l'odeur d'amadoue brûlé, il
examina d'où elle pouvait provenir, et
vit, avec autant de surprise que d'effroi,
la poudre qui allait prendre feu; il étei-
gnit au plus vite la fatale mèche, et
s'apercevant qu'il était volé, il fit venir
un commissaire. L'officier de police déclara qu'il était à propos d'arrêter le domestique; et l'honnête banquier dit qu'il
en répondait comme de lui-même. Le
criminel osa rentrer dans la maison, sur
ces entrefaites, dans le dessein de s'éclaircir

des causes qui faisaient manquer son abominable projet. Il ne se vit pas plus tôt interrogé au nom de la justice, que, perdant la tête, il avoua tout ce qu'il avait machiné, déclara le nom du marchand qui lui avait vendu la poudre, la somme qu'il avait prise, l'endroit où elle était déposée. D'après un pareil aveu, confirmé par les recherches que l'on fit, il fut condamné au dernier supplice comme incendiaire et voleur.

~~~~~~~~

Un filou, passé maître dans son art, voulait escroquer un marchand de vin traiteur, chez lequel il avait quelquefois mangé ; mais cet homme était si défiant, qu'il n'y avait guère moyen de le prendre en défaut. A force de donner carrière à son imaginative, le rusé filou s'avisa d'un expédient des plus extraordinaires : il alla trouver un maître maçon auquel il demanda cinq ou six manœuvres pour quelque ouvrage qu'il dit avoir à leur donner. Celui-ci les ayant fourni, il leur fit prendre leurs habits du dimanche, et recommanda qu'ils cachassent, avec le plus grand soin, les outils de leur profession, sous prétexte qu'il fallait travailler à l'insu de la femme du logis où il les allait mener, qui ne voulait pas absolument consentir à la réparation indispensable qu'il allait leur prescrire. Après les avoir prévenus de la sorte, il les conduisit chez le traiteur, lui ordonna un bon dîner dans une chambre particulière, où il commanda qu'on apportât quelques bouteilles de vin en attendant que le repas

fût prêt. Allons, mes amis, dit-il à ses
gens, tous bons limousins, et partant
doués d'un appétit merveilleux, avant de
parler d'affaire, il faut boire un coup et
manger un morceau; montons à l'endroit
où on va mettre le couvert. Les limousins obéissent avec empressement, et par
son ordre ils cachent leurs outils derrière
la tapisserie. Le dîner arrive enfin, com-
posé de mets délicats et succulens, et nos
gens se mettent à manger avec un appétit
dévorant; ils boivent de même. Le filou
les voyant presque ivres, leur dit qu'il
était propriétaire de cette maison ; que
le principal locataire se plaignait depuis
long-temps que la cheminée de la chambre
où ils étaient fumait beaucoup, et que
pour y remédier il se proposait de la faire
abattre et d'en construire une autre; mais

que la femme de ce principal locataire s'y était toujours opposée, qu'il fallait enfin en finir. Quand vous aurez suffisamment bu et mangé, continua-t-il, vous n'avez qu'à vous mettre à l'ouvrage, et aller toujours votre train, quelque chose qu'on puisse vous dire ; comme je suis maître de ma maison, ce n'est qu'à moi que vous aurez affaire, et vous serez contens de ma générosité. En finissant ces mots il se lève, et nos limousins ayant achevé de dîner, il se saisit de l'argenterie comme pour la reporter au traiteur, en recommandant aux maçons de travailler au plus vite ; ils n'y manquent pas. A peine s'est-il éloigné, qu'ils prennent leurs marteaux et se mettent à démolir grand train la cheminée, dont ils font voler les débris par la chambre. Qu'on se représente le bruit affreux dont la maison retentit; on accourt tout effrayé, et plus on crie après eux, plus ils redoublent d'efforts, aveuglant tout le monde de poussière et de gravois. Ils travaillèrent avec tant d'activité, que la cheminée était aux trois-quarts démolie quand les choses commencèrent à s'éclaircir. Les six limousins si diligens mal à propos, s'étant enfin arrêtés, on pénétra dans la chambre, et le traiteur s'aperçut du vol de ses couverts; il avait bien vu sortir le filou, mais les six personnes qui restaient lui avaient paru une caution suffisante pour payer l'écot. Les pauvres limousins parvinrent à se justifier; ils furent tenus seulement de remettre la cheminée dans son premier état, mais ils perdirent leur journée; et le traiteur en fut pour son dîner et son argenterie. Il

n'y eut que le voleur qui gagna un bon
repas et une capture assez considérable.

～～～～～～

NOUS avons rapporté le trait de ce
valet de chambre qui profita de l'argent
de son maître pour obtenir les faveurs
d'une belle; nous en allons citer un autre
qui n'eut pas tout-à-fait, pour son auteur,
les mêmes résultats. Venu à Paris pour
quelques affaires importantes avec un de
ses amis, un habitant d'une petite ville
de province se voyant arrêté un jour de
plus, et craignant que sa femme n'en
conçût de l'inquiétude, pria son ami qui
s'en retournait, de tranquilliser l'esprit
de sa moitié, et de lui remettre 600 liv.
qu'il venait de recevoir. Le perfide com-
patriote s'acquitta de la commission;

mais comme il était amoureux de la dame ; il résolut de faire servir l'argent qu'il lui apportait à ébranler sa fidélité conjugale. Pour mieux en venir à ses fins, il commença par lui dire que le mari ne serait de retour que le lendemain, et qu'ainsi elle pouvait disposer d'une nuit. Que je serais heureux, ajouta-t-il, si vous l'accordiez au plus sincère amant! le respect m'empêche depuis long-temps de vous découvrir ma flamme ; mais enfin elle est trop violente pour ne pas éclater. Mon amour est si parfait, que je vous sacrifie toute ma fortune. Peut-être avez-vous eu quelquefois envie de certains atours, d'une brillante parure ou de bijoux à la mode, dont vous n'avez osé faire la dépense dans la crainte d'être forcée de demander de l'argent. Eh bien !

voilà un sac de 600 liv. que je vous con-
jure d'accepter, il vous mettra à même
d'embellir vos attraits, sans rien détour-
ner de ce qui peut être nécessaire à votre
ménage. Cet amant était persuasif, et
la vue de l'argent rendait son éloquence
encore plus dangereuse. Bref, notre jolie
provinciale fut tout aussi intéressée, et
n'eut pas plus de sagesse que certaines
beautés ; elle reçut l'argent tentateur, et
sourit à l'amant rusé, qui passa la nuit avec
elle. Le lendemain l'époux arriva. Etonné
que sa tendre moitié ne lui parlât ni de
l'ami, ni de l'argent qu'elle avait reçu, il
prit le parti de lui en parler lui-même. Il
serait difficile d'exprimer l'étonnement de
cette femme, quand elle apprit qu'une
somme qu'elle croyait avoir si légitimement gagnée, appartenait à son mari.

Furieuse d'avoir été trompée, dans sa colère elle fit le pénible aveu de ce qui s'était passé. Cet époux outragé ne perdit pas son temps à battre sa femme et à provoquer en duel son perfide ami, il fit beaucoup mieux : il résolut de tirer parti d'un malheur sans remède : il assigne son perfide confident, pour qu'il eût à lui payer 25 louis qu'il lui avait confiés, attendu que, d'après sa propre déclaration, il n'avait remis pareille somme à l'épouse du demandeur qu'afin de la suborner. Le mari gagna son procès, et son adversaire fut condamné à des dommages-intérêts considérables. Pauvre mari qui ne voulez pas être c...... défiez-vous de vos prétendus amis.

Voici un de ces traits de coquinerie qu'on ne saurait trop publier.

Madame de Mérival épousa, contre son inclination, le baron de ce nom. Ce dernier ne voulant point se séparer en bonne forme de son épouse, cette dame prit le parti de se retirer dans un vieux château de Normandie, où, seule, elle passait sa vie à lire. Lassée d'un train de vie aussi fastidieux, la baronne chercha un amusement plus doux dans la société d'un homme aimable. Le vicomte de Marné se présenta : c'était une de ces figures chiffonnées peu piquantes, mais qui plaisent. La baronne l'écouta et devint sensible. Le vicomte, obligé de retourner à Paris, convint d'une personne discrète, sous l'enveloppe de laquelle il écrivait à madame de Mérival. Leurs adieux

touchans furent scellés par les pleurs et
les plaisirs. Le vicomte ne fut pas plus
tôt arrivé, qu'il écrivit les lettres les plus
tendres à la baronne, qui aimant de bonne foi, répondit sur le même ton. Ce
commerce, dont madame de Mérival ne
prévoyait point les suites, dura pendant
trois mois. M. de Marné, qui observait
un ordre didactique dans ses intrigues
galantes, revint en Normandie ; et jouant
l'homme inquiet, il mit la baronne dans
le cas de lui demander d'où provenait le
chagrin qui paraissait le dévorer. Quel pays
que Paris, Madame, s'écria-t-il. Quel pays !
Je suis en marché d'une charge à la cour :
elle convient à ma situation et à mon nom ;
avec cent mille francs de bons contrats je
n'ai trouvé que vingt mille écus ; les notaires sont des Arabes. Il me manque

vingt mille francs : je comptais les trouver
ici chez mes fermiers, mais les nouveaux
impôts dont ils viennent d'être chargés,
ne leur permettant point de faire cette
avance, je me vois déshonoré faute de
pouvoir remplir les conditions de mon
contrat. Vous m'effrayez, vicomte, en
parlant ainsi, répondit madame de Mérival, votre triste confidence me pèse d'autant plus, que vous connaissez ma situation : réduite à une chétive pension de deux
mille francs, je me trouve dans l'affreuse
impossibilité de vous tirer de ce mauvais
pas. Ah ciel ! qu'osez-vous dire, repartit
le vicomte en colère ? M'estimeriez-vous
assez peu pour vouloir m'engager à recevoir un bienfait qui m'humilierait ? Je ne
vous reconnais pas là, ma chère baronne,
et j'ai cru que vous me connaissiez mieux.

2   20

Mais qu'allez-vous devenir, repartit madame de Mérival? Ma résolution est prise,
poursuivit M. de Marné : j'ai un vieil oncle
qui vit dans une terre qu'il a aux pieds
des Pyrénées, je vais me séquestrer pour
jamais, en cachant au reste de l'univers
ma retraite et mon nom. Mais ce dessein,
reprit la baronne, n'est pas sage. Pensons
de sang froid, et imaginons quelque expédient honnête qui vous tire d'embarras.
J'ai tout vu, Madame; les hommes sont
des tyrans, je les quitte avec plaisir. Le
seul regret qui me suivra dans ma retraite,
et que j'emporterai au tombeau, est celui
de vous perdre. Heureux encore dans ma
douleur de trouver une consolation dans
votre portrait et dans vos lettres! Adieu,
Madame, dit-il d'une voix entrecoupée
par les sanglots, puissiez-vous être heu-

reuse, je ne mourrai jamais que de la
douleur de vous avoir perdue! Non, non,
reprit la baronne, en se jetant au cou
de son amant, vous ne partirez point, à
moins qu'insensible à mes prières, vous
ne vouliez que ma mort suive ce funeste
instant. Vos désirs sont des ordres pour
moi, reprit le vicomte; mais m'estimez-
vous assez peu pour m'exposer à montrer
à toute la cour ma honte et ma médiocrité! Ecoutez, répliqua madame de Mérival, vos fermiers vous donneront de
l'argent dans des temps plus heureux. Et
oui, Madame, répondit M. de Marné;
mais puis-je attendre six mois? Ce délai
est trop long, et je perds tout. Un moment, reprit la baronne, vous ne perdez rien, et j'ai un moyen infaillible de
vous tirer d'embarras. Je l'accepterai avec

plaisir, repartit le vicomte, mais à condition qu'il ne vous compromettra point.
En rien, répliqua madame de Mérival ;
j'ai mes diamans ici, je n'en porte jamais
à la campagne : je puis en disposer pour
six mois ; partez pour Rouen, où vous
trouverez sans peine les vingt mille francs
qui vous manquent, sur trente mille écus
de bijoux. Mais, répondit M. de Marné,
pouvez-vous bien me proposer des arrangemens qui blessent ma délicatesse ? Point
de réplique, dit vivement la baronne : si
j'avais besoin d'une somme d'argent, et
que je fusse sûre de vous la rendre dans
un terme convenu, je ne trouverais pas
mauvais que vous missiez des effets en
gage pour me la procurer. Ces mots
me désarment, répliqua le vicomte, et
je me rends à vos ordres ; mais souvenez-

vous toujours que vous me l'ordon-
nez.

M. de Marné, muni de l'écrin de madame de Mérival, partit pour Rouen, d'où
il écrivit à la baronne qu'il avait rempli
son objet, et qu'il allait le lendemain à
Paris, à l'effet d'y consommer son marché.
Comme il n'y avait rien que de très-natu-
rel dans la lettre du vicomte, la baronne
lui répondit à Paris à son adresse ordinaire; mais deux courriers étant arrivés
sans qu'elle reçût de réponse, elle eut
quelques inquiétudes. Ces premières alarmes ne firent que glisser sur son esprit,
parce que la candeur de son âme, et la
sincérité de ses procédés, lui faisant croire
que chacun lui ressemblait, elle ne pouvait soupçonner personne de fourberie.
Madame de Mérival, trompée par une

passion vive qui lui faisait illusion, attendait toujours des nouvelles de son amant;
mais un gentilhomme du voisinage, qui
arrivait de Rouen, parlant du gros jeu
qu'on y jouait, nomma parmi les heureux
le vicomte de Marné, qui venait de gagner quatre-vingt mille livres. Ces mots
commencèrent à éclairer la baronne sur
le caractère du vicomte; elle écrivit à
Rouen à une de ses amies qui put l'in-
struire de la conduite que M. de Marné y
menait. La réponse qu'elle reçut l'accabla
du chagrin le plus cuisant; on lui marqua
que le vicomte, qui avait gagné des sommes immenses, entretenait la petite Ber-
naut, actrice de la comédie; qu'il venait
de lui donner une voiture et des robes
de grand prix. Ces funestes éclaircissemens
décelèrent le caractère de M. de Marné

dans l'esprit de madame de Mérival; elle jugea dès lors qu'il était un escroc. Ce premier trait, quelque fripon qu'il soit, n'est rien en le comparant à celui que l'on va rapporter.

Les six mois expirèrent : la baronne n'ayant aucune nouvelle de Marné, tomba dans une langueur qui fit craindre pour ses jours. Son mari manda les médecins les moins ignorans de la province, et le résultat de leur consultation fut d'ordonner un changement d'air à la malade, qui se disposa à retourner à Paris; et comme elle était dans un état à ne pouvoir vaquer par elle-même aux arrangemens relatifs à son départ, et que son mari ne voulait point que ses diamans fussent confiés à une femme de chambre, il la pria de les lui remettre. La baronne tomba à

ces mots dans une faiblesse qui lui ravit
l'usage de tous ses sens; M. de Mérival
appela du secours, et parvint à faire
revenir sa femme, qui, ne pouvant feindre,
lui raconta la friponnerie du vicomte. Le
baron partit en recommandant madame
de Mérival aux soins de ses gens, et arriva
le même soir à Rouen. Le vicomte y était
trop connu, pour qu'on ignorât sa demeure; le baron se rendit chez lui, et
débuta par lui demander l'écrin de sa
femme.

Le vicomte, qui voulait profiter du
grand âge et de la faiblesse du baron, fit
l'insolent, et dit que ces sortes d'affaires
ne se décidaient qu'à la campagne. Quand
vous m'aurez restitué, reprit Mérival,
les diamans de ma femme, nous irons
où vous voudrez; mais je vous déclare

que si vous ne me les remettez sur-le-
champ, je vais vous poursuivre en justice. Et moi, répondit Marné, je vous
signifie que si vous faites la moindre dé-
marche, je vais faire imprimer un recueil
de cent cinquante lettres galantes de madame de Mérival. Vous connaissez, dit-il,
en ouvrant son bureau et lui montrant
les lettres de la baronne, vous connaissez
ce caractère : eh bien ! le public va rire
à vos dépens; je n'en ferai tirer que 3,000
exemplaires que j'aurai soin de répandre
à Paris et dans toutes les provinces du
royaume. Un coup de foudre aurait moins
accablé le baron, que ces derniers mots.
Malgré son abattement il eut le courage
de demander la lecture de quelques unes
de ces lettres, et le vicomte eut l'inso-
lence de lui accorder cette grâce barbare.

Mérival outré des perfidies de sa femme dont il aurait soutenu l'innocence contre tout l'arrière-ban de la Normandie, tomba dans un fauteuil, et demanda, d'une voix attendrie, si la restitution de ces lettres ne pouvait pas compenser l'écrin. Les diamans, répliqua impudemment Marné, m'ont été donnés et je les garde, parce qu'il n'est rien de si pur que le don; les lettres m'ont été écrites, elles sont à moi, et j'en ferai mon profit. Un libraire de cette ville, à qui je les ai lues, m'en offre déjà 100 louis, jugez du prix qu'il y mettra, quand il saura le nom de celle qui les a écrites. Mérival au désespoir, offrit 150 louis des lettres de sa femme. Le scélérat de Marné osa balancer sur la modicité du prix, et finit par mettre le comble à ses escroqueries, en ruinant

un honnête homme, dont il avait com-
blé la disgrâce en déchirant son cœur.
Mérival eut à peine la force de se lever
et de gagner sa chaise à porteurs. Quoique le jour fût tombé, il prit des chevaux
de poste, et arriva chez lui au milieu de
la nuit. Une affluence de monde, qui
remplissait la cour du château, lui fit
présumer que la baronne touchait à sa
dernière heure. Il entra, hors de lui-même, dans l'appartement de sa femme, qui
n'eut que le temps de lui demander pardon, et rendit la vie entre ses bras. Mérival, que ce funeste spectacle avait atten-
dri, voulut embrasser son épouse qu'il
appela des noms les plus doux; mais il
ne trouva plus qu'une ombre. Ses gens
l'emportèrent dans son appartement, où,
après avoir brûlé les lettres qu'il venait

d'acheter, il rendit le dernier soupir, en prononçant le nom de celui qui venait de le priver de sa femme et du jour. Cette aventure a fait tant de bruit dans le temps, que nous avons cru devoir ne point changer les noms des personnages.

~~~~~~~~

Un filou avait jeté les yeux sur la fille unique d'un riche marchand, et dont la dot devait être considérable. Pour parvenir à son but, il avait bien des difficultés à vaincre, attendu que comme elle joignait aux dons de la fortune ceux de la nature, et qu'elle était d'une sagesse exemplaire, elle ne manquait pas d'avoir une foule de soupirans, dont chacun s'efforçait de mériter le bonheur de devenir son époux. Il vint cependant à bout

de les écarter tous : mis avec une élégance
peu commune , il descendit un matin
d'un phaëton leste et brillant , à la porte
du père de la belle. Après les complimens
d'usage il lui dit que l'objet de sa visite
était la demande en mariage de sa fille ,
qu'il avait eu le bonheur d'apercevoir
plusieurs fois , et pour laquelle il était
épris de l'amour le plus tendre. Il ajouta
qu'il possédait une grande fortune, qu'il
était seigneur d'un village appelé Bourgneuf , dont il portait le nom ; qu'il
passait six mois de l'année dans son château , et qu'il n'y avait qu'à écrire au
curé du lieu , qu'il rendrait le meilleur
témoignage en sa faveur. Il finit par prier
qu'on fasse bien vite les informations
nécessaires , parce que , quoiqu'il soit
son maître, il ne veut pas être importuné

par les reproches de ses parens, qui traiteraient son mariage de mésalliance, mais que pour lui il ne rougirait jamais de son choix. L'ambition n'habite pas seulement à la cour, elle peut se trouver aussi dans le cœur d'un marchand. Celui-ci fut enchanté de pouvoir faire sa fille dame de paroisse ; il écrit au curé, qui répond que son seigneur est dans l'aisance, fort aimable, et qu'il mène une conduite sans reproche. En conséquence le mariage se conclut, le jour est fixé, et les prétendus, accompagnés de témoins de part et d'autre, se rendent à la paroisse vers les huit heures du matin, en grande parure, dans un magnifique carrosse, suivi de plusieurs remises brillans. Le prêtre qui devait faire prononcer le *oui final* se fait long-temps attendre : on s'impatiente, on jure tout bas; mais voici bien une autre chose : un monsieur voyant une file de carrosses à la porte de l'église, y entre par curiosité; il s'approche de la foule, qu'il y trouve assemblée, jette les yeux sur la future, est enchanté de sa physionomie intéressante, demande le nom de l'heureux mortel qu'elle va épouser; on lui dit que c'est M. de Bourgneuf, seigneur du village de ce nom. Voilà qui est singulier, s'écria-t-il, c'est moi-même; et j'ignorais mon mariage; quel est le maraud qui s'avise de prendre mon nom et mes titres? Il fend alors la foule, et n'a pas plus tôt fixé le prétendu, qu'il le reconnaît pour un domestique qui l'avait servi, et qu'il avait été contraint de chasser comme un très-mauvais sujet. Le fourbe n'aperçut pas plus tôt son ancien

maître, qu'il prit la fuite ainsi que ses
témoins. Le prêtre arriva dans ces circonstances; on lui dit que son ministère
devenait inutile, et on le remercia de
s'être fait si long-temps attendre. Ce qu'il
y a de particulier dans cette aventure,
c'est que le seigneur de Bourgneuf a réa-
lisé le mariage qui n'était d'abord qu'une
supposition; la fille du marchand lui parut
si belle, si estimable, qu'au bout de
quelques jours il a terminé un hymen
dont un autre avait fait tous les préparatifs.

~~~~~~~~

DANS une nuit du mois de juillet, la
diligence de Bordeaux à Toulouse étant
arrivée au bas de la côte de Malause, à
un quart de lieue de Moissac, un coup

de feu fut tiré sur le postillon, dont il
ne fut pas atteint; celui-ci pressa alors
ses chevaux, et se sentit presque aussitôt
arrêté. Un brigand, tenant un poignard
d'une main et un pistolet de l'autre, lui
ordonna de descendre, ainsi qu'au conducteur et aux voyageurs assis dans la
diligence, lesquels, quoiqu'ils fussent au
nombre de neuf personnes, n'osèrent
opposer de résistance, intimidés par la
contenance déterminée de ce scélérat, et
par la vue de deux autres coquins qui les
couchaient en joue à peu de distance.
Quand ils eurent mis pied à terre, le brigand les força de se coucher ventre contre
terre, dans le fossé, menaçant de tuer
le premier qui oserait lever la tête. Le
conducteur fut ensuite obligé de monter
dans la voiture pour ouvrir le coffre qui

contenait l'argent. Cela fait ,, le brigand s'empara tranquillement d'une somme de passé 8,000 fr. qui s'y trouvait, et s'éloigna après avoir enfermé le conducteur dans la diligence. Au bout de quelque temps nos voyageurs n'entendant plus le moindre bruit, se hasardent de lever la tête en jetant les yeux autour d'eux : le terrible brigand avait disparu , mais ses deux complices étaient toujours immobiles dans leur attitude menaçante. Cependant, las de leur position humiliante autant qu'incommode , le postillon et les plus hardis des voyageurs s'éloignent en rampant hors de la portée du fusil , et vont demander du secours à Moissac. Ils reviennent à la pointe du jour au lieu du délit , accompagnés de la gendarmerie ; et voient , non sans confusion , qu'une

corde tendue au travers du chemin avait
arrêté les chevaux, et que les deux figures
qui leur en avait tant imposé, n'étaient
que des mannequins habillés, ajustant
leurs bâtons.

~~~~ ~~~~

Un milord anglais revenait de sa campagne, dans sa voiture à quatre chevaux,
conduite par deux jockeys, et suivie de
deux laquais à cheval : il traversait un
petit bois touffu, quand un homme armé
d'un fusil à deux coups paraît subitement
en criant aux jockeys d'arrêter. A cette
brusque invitation les deux enfans font
halte, et les laquais épouvantés s'enfuient
au galop. L'homme au fusil s'approche
de la voiture en saluant milord avec un
profond respect, mais en dirigeant vers

sa seigneurie le double tube de son arme.
Milord était sans défense, pas de moyens
d'échapper... « Je demande mille pardons
à votre honneur, si je me permets d'arrêter sa marche ; mais le besoin le plus pres-
sant... — Achevez, Monsieur, les lâches
m'ont abandonné, je suis à votre merci.
— Dieu me garde de vouloir faire aucun
mal à votre excellence ; je fais un commerce honnête. — Oh ! très-honnête,
assurément. — Je suis armurier, et ayant
grand besoin d'argent ; je vendrai ce fusil
à son honneur, si son honneur veut bien
l'acheter. » En disant ces mots le com-
merçant de nouvelle fabrique armait les
deux batteries, et présentait le fusil autrement que par la crosse. « Finissons,
s'écrie le milord, combien vous faut-il ?
— Milord, ce fusil n'est pas bon marché,

mais il est excellent. — Enfin. — Il me faut 400 guinées. — Je n'en ai que 100 dans ma voiture. — Un petit mot sur le banquier de milord me suffira pour le reste. — Comment écrire ? — Voici du papier et de l'encre. — Monsieur est homme de précaution. — Je ne voyage jamais sur les grandes routes sans en prendre beaucoup. — Je m'en doute. » Le billet est fait, les 100 guinées payées comptant, M. l'armurier remet le fusil à milord, et le saluant jusqu'à terre, lui souhaite un bon et heureux voyage. Notre homme se retirait paisiblement ; il vient une idée au baronnet : « Ce voleur est maintenant désarmé, je puis le forcer à me rendre mon argent. » Soudain milord réarme le fusil, et s'allongeant par la portière, il met en joue le piéton.

« Malheureux, si tu fais un pas de plus je te brûle... ; rends-moi mon or, et vas te faire pendre ailleurs. — Mais, Milord... — Rends-le, te dis-je, ou tu es mort. » L'étrange marchand revient avec calme vers la voiture, sans chercher à écarter l'arme qui le menace. « Notre marché est consommé, Milord, ma marchandise est livrée, l'argent reçu ; j'avoue que le fusil est un peu cher, mais j'y attache un grand prix, et milord était libre de ne pas l'acheter. — Scélérat, c'en est trop, je vais faire feu. — Tirez, Milord, il n'est pas chargé. » Le baronnet reste confondu ; le voleur se retire en riant, et se perd dans l'épaisseur du bois. Le lendemain le drôle effronté se présente chez le banquier à Londres, pour toucher le montant du bon ; le banquier était pré-

venu : on arrête le coupable, il est em-
prisonné, jugé... Le jury déclare à l'una-
nimité qu'il n'existe point de loi dans le
code criminel anglais, qui défende de
vendre des armes sur le grand chemin ;
et d'après cette étrange décision, le voleur est absous, et milord condamné à
payer le prix convenu, et aux dépens.

~~~~~~~~~

COMME il y a des fripons de tout
genre, le trait suivant ne peut être dé-
placé dans ce recueil. L'exercice de la
contrebande est une espèce de petite
guerre qui repose sur la force ou sur la
ruse. Cependant, comme la force armée
peut attirer aux contrebandiers des affaires trop sérieuses, soit qu'ils aient le
dessus ou qu'ils succombent, ils préfèrent

la ruse dans toutes les grandes monar-
chies, en Angleterre, en Russie, en
France, en Espagne, et autres, il existe
pour l'intérêt de l'industrie nationale des
douaniers chargés de faire payer des
droits. C'est donc la douane que les contrebandiers tâchent de frauder le plus
qu'ils peuvent, et il n'est sorte de ruses
qu'ils n'emploient pour parvenir à ce but.
La douane est surtout fort sévère aux
portes de Vienne, et il est très-difficile
d'y introduire des marchandises prohi-
bées. Un jour il arrive aux portes de
cette capitale un grand charriot chargé
en apparence de tabac en feuilles, dont
l'exportation est rigoureusement défen-
due. Plusieurs paysans garottés étaient
assis sur la voiture, qui était escortée
par un détachement de troupes dites des

frontières: ce convoi passe tranquillement par les barrières, à la vue des douaniers, en exhibant sa marche-route. Qui aurait soupçonné que celle-ci était fausse, que la voiture récelait, sous les feuilles de tabac, une grande quantité d'articles de contrebande, que les paysans, ainsi que les soldat, n'étaient que des contreban-diers déguisés! Ce coup hardi leur valut environ 36,000 fr. de bénéfice.

~~~~~~~~

MALGRÉ que les fripons et les filous soient très-nuisibles à la société, on trouve quelquefois parmi eux des sentimens d'humanité auxquels on est loin de s'at-tendre; le trait suivant en est la preuve. Un homme de la halle, par suite d'une rixe de cabaret, avait été mis en prison pour quelque temps; le hasard lui donna pour compagnon de chambrée, un fripon qui avait été arrêté pour quelques tours de son métier. Un jour que l'épouse de l'homme de la halle portait à manger à son mari, elle s'amusa en chemin à regarder un de ces nombreux escamoteurs dont la capitale abonde. Attentive aux lazzis plaisans de cet acteur en plein air, elle ne s'aperçut pas qu'un escamoteur, plus habile que le premier, venait de lui prendre sa montre. Pressée de réparer le temps perdu, elle veut savoir l'heure qu'il est, et c'est alors qu'elle reconnaît, mais trop tard, qu'elle eût mieux fait de continuer son chemin. Après de vaines et inutiles recherches, cette femme désolée s'achemine vers la prison, et la larme à l'œil elle raconte à son mari le

malheur qui vient de lui arriver. Celui-ci
la console de son mieux , mais toutes
ses bonnes raisons ne peuvent rendre le
calme à sa tendre moitié. Le fripon, qui
avait remarqué entre les deux époux un
dialogue animé, mais qui en ignorait la
cause, s'en informe auprès de son compagnon d'infortune ; celui-ci lui raconte
le fait. Consolez-vous, lui dit-il, le mal,
peut-être, n'est pas irréparable ; alors
tirant sa montre, il ajoute : il n'est que
cinq heures, que votre épouse ne s'é-
loigne pas, et dans une heure elle aura
l'objet de ses regrets. Après ces mots il
prend une feuille de papier, écrit dessus,
la ploie, ne l'envoie à personne, s'occupe
d'autre chose, et à six heures la montre
volée est rendue à son propriétaire.
Un pareil fait ne peut que prouver les

nombreuses ramifications qui lient tous les filous les uns aux autres, et donner une idée de leurs talens.

~~~~~~~~~

LES marchands de vin et les aubergistes ne sont pas toujours étrangers à certaines friponneries qu'ils commettent dans leur commerce, et plus d'une personne ont souvent été leur dupe. L'aventure suivante prouvera qu'en fait de ruses, ils l'emportent quelquefois sur les plus industrieux filous. Dans une petite ville aux environs de Strasbourg, il avait été commandé un repas de noce à l'auberge de la Couronne, dont l'hôtesse a la réputation d'être une excellente cuisinière. Déjà toute la maison était dans la plus grande activité; pendant que dans la

basse-cour il se faisait une ample décon-
fiture de volaille, le gibier et le poisson
arrivaient en abondance du dehors. Mais,
ô douleur ! il fallut cesser tout à coup
ces préparatifs : on reçut l'avis que la
noce n'aurait pas lieu ; en conséquence
plus de repas , plus de musique; bref,
toute la fête se trouva contremandée.
Grand.désappointement pour les cousines
et les commères, qui depuis quinze jours
se réjouissaient à l'avance du régal délicieux auquel elles seraient appelées. Cependant personne ne fut plus vivement
affecté que l'hôtesse ; le cabaretier lui-
même avait trouvé sa consolation dans
le dédit qu'il avait eu la sagesse de sti-
puler ; mais quel faible dédommagement
pour la perte d'une occasion si éclatante
de déployer les talens d'une habile cui-

sinière! le dépit que causa cette aventure
produisit à son tour un orage d'une telle
violence, que rien ne fut à l'abris de ses
atteintes. En vain, pour la conjurer,
l'aubergiste, qui aimait tendrement sa
femme, épuisait-il le vocabulaire de l'a-
mour conjugal : chaque parole ne servait
qu'à redoubler la fureur de cette femme,
en augmentant les regrets de son amour-
propre. Enfin le pauvre mari s'avise d'un
expédient, et lui dit : Sois tranquille, ma
bonne, continue tes préparatifs, fais
cuire, frire et rôtir tant que tu voudras,
pour demain je te promets bon nombre
de convives ; je te réponds, sur mon
honneur, qu'on ne s'apercevra pas chez
moi que la noce est contremandée. —
Il ne faut pas être grand sorcier pour
cela, lui dit l'hôtesse, tu n'as qu'à traiter

gratis, et tu ne manqueras pas de convives. — Ce n'est pas ainsi que je l'entends, m'amie, répliqua le cabaretier, je
n'inviterai personne, les convives vien-
dront d'eux-mêmes, et paieront leur
écot; ne t'embarrasse que de ta cuisine,
et laisse-moi faire. Voyons comme s'y
prit notre rusé compère : c'était un bon
vivant, ayant toujours le mot pour rire,
et qui, de plus, possédait dans sa cave du
bon vin, qu'il ne baptisait point comme
tant d'autres; aussi les notables de l'endroit se plaisaient-ils à passer leurs soirées
à la Couronne, pour y lire la gazette,
raisonner politique ou faire la partie.
L'aubergiste pouvait donc espérer, avec
assez de confiance, que, s'il réussissait à
désorganiser le pot-au-feu de ses prati-
ques, celles-ci viendraient se restaurer

chez lui. Pour y parvenir il fait écrire une
demi douzaine de billets à peu près de la
teneur suivante : « Mon père me charge,
Monsieur et très-honoré N..., de vous
inviter à venir demain manger la soupe
chez nous, avec toute votre chère famille ; papa serait venu lui-même vous
faire son invitation, s'il n'en était em-
pêché par des affaires pressantes, etc. »
Ces six billets, signés du nom, soit du
fils, soit de la fille des six plus huppés de
la ville, furent adressés de manière à ce
que M. A... fut invité chez M. B..., celui-ci chez M. C..., et M. C... chez
M. D..., ainsi de suite à la ronde, d'après
les rapports de parenté ou d'amitié qu'on
savait exister entre eux. Les lettres d'invitation étaient supposées signées par
les enfans, parce que cela dispensait de

contrefaire la main des parens, ce qui aurait présenté trop de difficultés, et aurait pu être mal interprété.

La ruse réussit à merveille, chaque convive répondit verbalement au porteur du message, qu'il ne manquerait pas de se rendre à l'invitation. En conséquence de cela, le lendemain, dans les six maisons où l'on s'attendait à dîner en ville, on ne mit de pot-au-feu que pour les domestiques, et ceux-ci, pour être plus tôt libres, se dépêchèrent de leur mieux; de sorte qu'à midi, l'heure ordinaire de dîner dans cette petite ville, où n'a pas encore pénétré la mode de dîner le soir et de souper le matin, lorsque les prétendus conviés se présentèrent chacun à la maison où ils se croyaient attendus, les uns trouvèrent la porte fermée, les

autres furent reçus, avec le plus grand
étonnement, par la servante qui gardait
le logis, et où ils ne virent ni table mise
ni feu sur l'âtre. Je laisse à juger combien ils durent être capots. On se fâche,
on s'emporte, on court se chercher, on
se rencontre, enfin, et après quelques
explications, on reconnaît qu'on a été
joué ; mais par qui ? c'est ce qu'après
mille conjectures on ne peut deviner.
Cependant l'aventure était trop plaisante
pour que leur colère pût être durable :
l'un eut le bon esprit d'en rire, et les
autres l'imitèrent. Il fallut enfin prendre
un parti, car, s'étant tous attendus à
faire un bon dîner, ils n'étaient rien
moins que disposés à jeûner. Après une
courte délibération, on tomba d'accord
qu'on irait ensemble dîner à la Couronne,

L'hôte les reçut très-gracieusement, en riant sous cape quand ils lui racontèrent leur mésaventure : il fit sur-le-champ dresser une table dans sa grande salle, et fit servir. Les convives mangèrent du meilleur appétit, et lorsque le bon vin eut achevé de les mettre en belle humeur et dissiper tout ce qui pouvait leur rester de ressentiment, l'hôte résolut d'avouer que c'était lui-même qui leur avait joué ce tour. Il ne tarda pas à en avoir l'occasion : l'un des convives lui ayant demandé comment il avait pu, en si peu de temps, apprêter une si bonne chère, il leur apprit les circonstances du repas de noce contremandé, et le moyen qu'il avait imaginé de se tirer d'embarras. Au surplus, ajouta-t-il, convenez que c'eût été dommage de laisser gâter ces chapons, ce gibier, etc., que je n'aurais pas eu occasion de placer dans une petite ville si peu passagère. En revanche, Messieurs, comme j'ai déjà reçu un dédommagement pour ces comestibles, je ne vous compterai que la façon et le vin. En effet il leur fit un écot si modéré, que la société se sépara complètement satisfaite.

FIN DU DEUXIÈME VOLUME.

TABLE

DU DEUXIÈME VOLUME.

—

(271)

FIN DE LA TABLE DU DEUXIÈME VOLUME.

EXTRAIT du *Catalogue de la Librairie de* GERMAIN MATHIOT, *place Saint-André-des-Arcs , n°. 26.*

Histoire de la guerre d'Espagne et du Portugal , pendant les années 1807 à 1813 , plus la Campagne de 1814 dans le midi de la France, par le colonel sir John Jones , avec des Notes et des Commentaires par M. Alph. de Beauchamp ; 2 vol. in-8°, avec la Carte de l'Espagne et du Portugal , 12 fr.

Hist. des deux faux Dauphins , par M. Alph. de Beauchamp ; 2 vol. in-12 , avec deux jolis portraits, 5 fr. *Le même ouvrage ,* 1 vol. in-8°, fig. , 6 fr.

Testament historique et politique d'Alompra , empereur des Birmans ; 3 vol. in-8°, avec une jolie gravure représentant l'empereur dans son sénat ; par l'auteur des Amours de Napoléon , 18 fr.

Amours et Aventures du vicomte de Barras ; par le baron de B*** , auteur des Mémoires secrets sur Buonaparte ; 3 vol. in-12 , 6 fr.

La Vengeance, ou *le Fou par amour;* par
mademoiselle Vanhove cadette, 3 vol. in-12,
6 fr.

Le parfait Agriculteur, ou *Dictionnaire rai-
sonné d'Agriculture;* par Cousin d'Avalon,
2 vol. in-12, 7 fr.

Récréation de la Jeunesse, contenant des
maximes de morale, des traits choisis
d'histoire, anecdotes, historiettes, et abrégé
des voyages, à l'usage des deux sexes, 1 gros
vol. in-18, fig., 1 fr. 50 cent.

Traité complet sur les pépinières; par Etienne
Calvel, 2ᵉ édit. 3 vol. in-12, fig., 9 fr.

Des Arbres fruitiers pyramidaux, 1 vol. in-12,
fig., 1 fr. 80 cent;

Manuel pratique des Plantations, 1 vol.
in-12, 1 fr. 80 cent.

Notice sur la Pépinière du Luxembourg,
1 vol. in-12, 1 fr.

*Recherches sur les moyens d'accélérer la fruc-
tification des Arbres,* 1 vol. in-8°, fig.
1 fr. 25 cent.

*Principes de la culture et de la plantation
du chasselas,* 1 vol. in-8°, fig., 1 fr. 80 c.
Ces six ouvrages sont du même auteur.

Il n'y a qu'un Paris dans le monde, croquis
ou littéraire, ou politique, ou moral, ou

plaisant, comme on voudra, propre à figu-
rer dans les Opuscules du jour, 1 vol. in-18,
1 fr.

Raymond, ou *le généreux Fermier*, traduit
de l'anglais, 3 vol. in-12, 6 fr.

Les Voyages d'une Coquette, 2 vol. in-12,
4 fr.

Moyen sûr et facile de détruire les punaises,
brochure in-12, 75 cent.

Comptes faits à la manière de Barême, sur
les nouveaux poids et mesures, avec les prix
proportionnels, à l'usage des commerçans,
marchands détaillans et autres; par Charles
Haros, 1 vol. in-12, 1 fr. 50 cent.

L'Onanisme : dissertation sur les maladies
produites par la masturbation; par M. Tissot,
docteur en médecine, 2 vol. in-18, nouvelle
édit. considérablement augmentée, 1 f. 50 c.

Vie et fin déplorable de madame de Budoy,
trouvée en janvier 1814, entièrement nue
et vivante, dans les montagnes des Pyrénées,
2 vol. in-12, avec de jolies gravures, 6 fr.

Histoire de la Chevalerie française, depuis
son origine jusques et y compris Napoléon,
1 vol. in-8°, fig., imprimé sur beau papier,
et jolie édition, 6 fr.

Amours secrètes de Napoléon Buonaparte et de sa famille; cinquième édition, avec figures; 6 vol. in-12, par M. le baron de B***, 18 fr.

Précis historique sur Napoléon Buonaparte, neuvième édit. 1 vol. in-12, 1 fr.

Mémoires secrets sur Napoléon Buonaparte, septième édit. 2 vol. in-12, 5 fr.

Défense du Peuple Français, contre ses accusateurs, tant français qu'étrangers; 1 vol. in-12, 1 fr.

Vie privée, politique et morale de Lazare-Nicolas-Marguerite Carnot, ex-lieutenant-général, ex-ministre, etc. etc.; 1 vol. in-12, 2 fr.

Ces sept ouvrages sont du même auteur.

L'Orphelin aux prises avec le Crime; par Charles Doris de Bourges, 3 vol. in-12, 6 fr.
Télémaque n'est que l'école des rois.

Le parfait Cuisinier, suivi du *parfait Pâtissier*, 1 gros vol. in-12, fig. 3 fr.

Le Perroquet, roman anglais-français-allemand, et qui n'est traduit d'aucune langue; par C.-J. Rougemaître, auteur du Roman tragique, de l'Ogre de Corse, de Séraphine ou le Républicain royaliste, etc. 4 gros vol. in-12, 10 fr.

La Famille de Clarenville; par M. Rougemaître , 3 vol. in-12 , 6 fr.

Fables; par J.-F. Boisard, peintre ;

> L'apologue est un don qui vient des immortels ;
>   Ou si c'est un présent des hommes ,
> Quiconque nous l'a fait mérite des autels.

Deux parties in-8° , 6 fr.

Charte constitutionnelle , du 4 juin 1814 ,
conforme à l'édition officielle ; avec le testament de Louis XVI et celui de Marie-Antoi-
nette ; la liste des Pairs de France et leur
adresse , 1 vol. in-12, avec le portrait de
S. M. Louis XVIII , 1 fr.

Fouché (de Nantes). Sa vie privée , politique
et morale , depuis son entrée à la Convention
jusqu'à ce jour , avec son portrait , 1 vol.
in-12 , 2 fr. 50 cent.

Martyrologe littéraire , ou Dictionnaire cri-
tique de sept cents auteurs vivans ; par un
Ermite qui n'est pas mort, 1 vol. in-8°, 5 fr.

Le Retour des Bourbons, poëme en dix chants,
avec une jolie gravure allégorique, 1 vol.
in-12, beau papier, 3 fr.

> *Nota.* On a rendu un compte très-avanta-
> geux de cet ouvrage dans les journaux.

Le Testament de la vieille Cousine , roman

traduit de l'anglais de Charlotte Smith, sur
la deuxième édition. 4 gros vol. in-12 : 10 fr.

Histoire de l'ancienne Grèce, 2 vol. in-8°, avec
deux jolies cartes, 8 fr.

*Le Chansonnier Franc-maçon, Echelles d'a-
doption et Cantiques;* par J.-A. Jacquelin,
secrétaire-général du Caveau moderne,
1 vol. in-18, 1 fr. 50 cent.

*Traité complet des Contrats et Obligations,
et des Priviléges et Hypothèques,* d'après
les lois nouvelles motivées, et d'après la ju-
risprudence suprême des arrêts de la Cour de
Cassation; par A.-G. Daubanton, avocat à
la Cour Royale de Paris, 3 vol. in-12, 9 fr.

Géographie ancienne, par Mentelle, 1 vol. de
700 pages, 5 fr.

Geographie classique, par le même, 1 vol.
in-12, 2 fr.

Cuisinière (la) bourgeoise, suivie de l'office
à l'usage de ceux qui se mêlent de la dépense
des maisons; édition mise à la portée de tout
le monde, 1 gros vol. in-12, jolie édition,
1 fr. 50 cent.

Contes et Nouvelles en prose; par l'auteur de
Maria, d'Antoine et Jeannette, de Berthe
et Richemont, 5 vol. in-18, jolie édition,
gros caractères, 5 fr.